徳 間 文 庫

姫様お忍び事件帖

わらわがゆるさぬ

沖 田 正 午

徳 間 書 店

目次

第一章　お外に出たいのじゃ

一

「五二《グニ》の半。またも、わらわの勝ちじゃ！」

博奕《ばくち》では、もう誰からも相手にされなくなっている。

武州槻山《つきやま》藩大谷《おおや》家の嫡男《ちゃくなん》忠信《ただのぶ》のもとに輿入《こしい》れしてから、早くも半年近くが経《た》とうとしていた。

「退屈じゃのう、与与《よよ》」

鶴姫《つるひめ》ことお鶴ちゃんの大欠伸《おおあくび》に釣られ、愛犬の与与丸《よよまる》が大きく口を開けた。長毛で白黒模様の狆《ちん》である。

上屋敷奥御殿の二十畳が、鶴姫に与えられた部屋である。その広い部屋の真ん中で、暇をもてあましている。

華道や茶道や箏《こと》などの習い事は、足が痺《しび》れていやじゃと逃げ回るも、丁半博奕とか双六《すごろく》、花歌留多《はなかるた》などでの正座はものともしない。

つい先ほどまで、侍女や御女中相手に丁半博奕で手慰《てなぐさ》みをしていたのだが、そんな遊びにも飽きが来ている。

「もう、勘弁してくださりませ」

鶴姫の、身の回りの世話をする侍女のお波《なみ》の髷《まげ》には、簪《かんざし》などの飾りは一本もない。みな鶴姫に巻き上げられて、泣き言を吐いていた。

「お女中たちを相手にしても、弱くてつまらん」

やくざ一家の貸元に鍛えられた博奕の腕は、屋敷の奥の間でいかんなく発揮されている。お銭を賭けるのはご法度《はっと》なので、侍女たちが持ち寄る菓子とか簪とか櫛《くし》などが、駒札《こまふだ》の代わりとなっていた。

部屋の片隅には、博奕の戦利品が山と積まれている。せしめた菓子を食べすぎ、このごろの鶴姫は少し太り気味である。もともとぽっちゃりとした顔が、こころなしかさらに丸みを帯びていた。

秋も深まり、季節は冬に向かうところである。

柿の実も赤く熟し、銀杏《いちょう》の葉は黄色味を増している。ちらほらと落ちる葉っぱを廊下越しに眺めながら、鶴姫は感傷に浸《ひた》っていた。

「亀治郎《かめじろう》、今ごろ何しているかのう。与与、逢《あ》いたいのう亀治郎に」

あの武州訛《なま》り『だんべえ言葉』が、こよなく懐かしい。

小坂《こさか》亀治郎と江戸市中で、一緒に過ごした日々が忘れられない。その亀治郎は今、国元の武州槻山城の御用部屋で、勘定方《かんじょうがた》の配下として算盤《そろばん》を弾《はじ》く毎日であった。

「……また、江戸に来てくれんかのう」

中庭に咲いたばかりの、山茶花《さざんか》に目を向けながら鶴姫は呟《つぶや》く。このような願いは、夫となった忠信に頼る以外にない。だが、その忠信が奥御殿に来るのは、十日に一度ほどしかない。たまに来ても、鶴姫の茶道のもてなしを受けるが、茶を飲んで甘菓子を食して帰るだけだ。その際必ず一言「茶がにがい」と口にする。

その一言以外、鶴姫とは言葉を一切交わさぬほど、無口な若殿であった。

冗談一つ言うでもなく、石のように性格は硬い。そして、無趣味で無愛想ときては、まさに三拍子そろったつまらない男である。そんな忠信に、末端家臣である小坂亀治郎を江戸藩邸に迎え入れ、奥御側用人《おくおそばようにん》にさせてちょうだいと頼み込むのは無理中の無理と、半分あきらめの境地であった。

夫忠信が、鶴姫が嫌いなのかというと、そうでもなさそうだ。なぜ、鶴姫のもとで長居をしないかというと、必ず御母堂《ごぼどう》のお勝《かつ》の方がべったりと、忠信にくっついてくるからだ。

忠信は十八歳になってもまだ、母親に対する愛着と執着が捨て切れずにいる。世の中ではこれを『母親固執症』といって、あまり褒《ほ》められた言葉でなく使われている。

鶴姫はいつも、御母堂様から急《せ》かされていることがある。

「――やや子はまだか？」

と、鶴姫の部屋を訪れるたびに言われるが、息子の忠信のほうが恥らい、顔を真っ赤にして聞いている。

「わらわが見ててやるから、さあおやり」

と言われても、なかなか人前でできるものではない。そんなことでまだ夫婦の営みはなく、鶴姫は十六歳の純真を守っていた。


そんなある日、正午を半刻《はんとき》ばかり過ぎた昼下がりのこと。

鶴姫の膝元《ひざもと》にいた与与丸が「ワワワン」と吠え立てると、部屋を二、三周して庭に面した外廊下へ走り去っていった。

「どうしたのじゃ与与、どこへ行く？　珍しいのう、与与があんなに吠えるなんて」

滅多に、鳴き声など立てる与与丸ではない。

「さて、一体どうしたことでしょう？」

鶴姫に答えたのは、侍女のお波であった。

与与丸を追いかけようと、鶴姫が立ち上がったところ、

「いっ、一大事でござる」

ドタドタと足音を鳴らし、血相を変えて部屋に入ってきたのは、江戸家老の山《やま》

脇大膳《わきだいぜん》であった。家老が奥御殿に足を踏み入れるのも、滅多にないことである。

だが、山脇大膳が来たくらいでは、与与丸は興奮したりはしない。

珍しいことが重なるものだと、鶴姫が小首を傾《かし》げたそこに——。

「お鶴ちゃん、元気だべか？」

聞き憶《おほ》えのある、懐かしい武州弁が耳に入った。

「えっ？」

鶴姫は一瞬耳を疑い、丸い目をパチクリさせた。

山脇のうしろについて、部屋の中に入ってきたのは見るからに貧相で、風采《ふうさい》の上がらぬ下級武士である。

「亀治郎だ……」

目の前にいるのは、今しがたまで逢いたいと脳裏に描いていた小坂亀治郎である。

ポカンと鶴姫の口は開いたままとなった。

与与丸が急に走り出したのは、犬の持つ嗅覚である。亀治郎の匂《にお》いを憶えていたのだ。

――なぜにこんな男が？

と思えるほど、見た目は冴《さ》えない男である。だが鶴姫は、亀治郎に対しこの上ない頼り甲斐《がい》と、愛《いと》おしさを感じていた。しかし、いかんせん身分が提灯《ちょうちん》と釣鐘、月と鼈《すっぽん》ほど異なる。それに今は、他人妻《ひとのつま》。

「どうしたんだ、そんな驚いた顔をして。おらほ……いや、拙者《せっしゃ》の顔に何かついているだべか？」

懐かしい、武州のだんべえ言葉を生《なま》で聴いている。鶴姫は、夢ではないかと自分のほっぺたを抓《つね》った。

「痛いっ」

夢ではない、たしかに亀治郎が目の前にいる。

「何してんだ、ほっぺたなんど抓ったりして？」

細い目を、さらに細くして亀治郎が話しかけてくる。

にっこりと笑っている亀治郎の表情に、鶴姫は和《なご》んだ。その丸い目が、細くなる。

鶴姫の顔は、目も鼻も口も輪郭も、みんな○で画《か》ける。美人というよりも、なんともいえない愛嬌《あいきょう》のある顔に、まだあどけなさが残っている。とても、奥方様とは思えない。

「お鶴ちゃん、ちょっと太ったんじゃねえべか？」

亀治郎の気安さに、脇《わき》にいる江戸家老山脇の目がつり上がった。

「おい小坂、お方様をそんな気安く呼ぶのではない。この、無礼者めが！」

怒号が部屋に轟《とどろ》く。

「いや、よいのじゃ。亀治郎を怒ることは、わらわが許さん。ところで、なぜ亀治郎がここにいるのじゃ？」

家老の怒りを鎮め、鶴姫の気持ちも落ち着いてきている。亀治郎が目の前にいる理由を問うた。

「いやなあ、殿からご家老宛ての密書を持って、江戸藩邸に行けって命令が出てな、そんでやってきたんだべ」

「殿からの書状を読んで、小坂にも一緒に聞いてもらおうと思いまして連れてまいりました」

家老山脇の思わぬ物言いに、鶴姫と亀治郎は互いの顔を見合わせた。

「亀治郎と一緒に、何を聞くのであろうな？　なあ、与与……」

与与丸に問うてみても、尻尾《しっぽ》を振るだけで答などない。

「拙者はまだなんにも聞いてねえけど、まさか、お鶴ちゃんを遊びに連れてってやれってんじゃねえべな」

「そんなことではない。話を逸《そ》らすな、小坂」

山脇にたしなめられ、亀治郎の首が竦《すく》む。亀のように、首が襟《えり》の中に引っ込んだのを見て、鶴姫がクスリと笑った。

「まるで、亀さんのようじゃの。なあ、与与……」

与与丸が「ワン」と一吠え返した。

亀治郎は、まだ用件を聞かされていない。ただ、江戸家老の山脇大膳宛てに密書を持っていけと命じられただけだ。その山脇から、亀治郎も一緒に来いと鶴姫の部屋に連れてこられた。

何があるのかと、鶴姫と亀治郎の二人が、そろって首を傾げた。

「お方様と小坂がこれほどお仲がよろしかったとは、思いもよりませんでした」

二人の様子に、ようやく山脇の気持ちも和んできたと、そんな表情がうかがえる。

「ええ。わらわがまだ清水家にいたときからのお友だちじゃ。そのときは、まさか忠信様のご家来だとは思ってもおらなんだ。えらく世話になってのう、それはそれは楽しかった。浅草が恋しいのう、なあ亀治郎」

「おら……いや、拙者も江戸の休日を楽しんだべ。また、おんなじように江戸の町を歩きてえな。相変わらず武州槻山の城下は、なんの変哲もなくてつまらねえし」

亀治郎は亀治郎で、江戸の町屋を恋しがっていたのである。

「ところで、私《わたくし》めがなぜにお方様をお訪ねしたかと申しますと……」

山脇の口から、その用件が語られる。

「殿からのご下命でござる」

おもむろに、山脇が口にする。

亀治郎も初めて聞く話で、胡坐《あぐら》を正座に座り直し居住まいを正した。

二

だが、なかなか山脇は用件を口にせず、言いづらそうだ。

「さっき、一大事と言ってたべ？」

いく分間が空き、亀治郎がせっついた。

亀治郎の物怖《ものお》じしない口の利き方に、山脇の顔は一瞬歪《ゆが》み、鶴姫は口に手をあて笑いを堪《こら》えている。

「これが一大事でなくて、何が一大事でございましょう」

山脇の顔は、鶴姫に向いている。

「だから、何が一大事なんぞえ？」

一大事という言葉だけが行き交い、話は先に進まない。

「一大事は分かったから、早く一大事を話してくれねえべか」

「くれねえべかって、その言葉どうにかならんか？　かりにもわしは江戸家老だぞ」

山脇のたしなめに、話はさらに脇道に逸れて行く。

「仕方ねえべさ、生まれつきなんだから。武州槻山の人たちは、みんなこんな言葉だべ」

「忠信様の妹の、お菊《きく》ちゃんもそんな言葉だったべ。あら、わらわの言葉もおかしくなっちゃった」

鶴姫も話を引っかき回し、一大事の用件が先送りとなっている。すると、裃《かみしも》姿の山脇大膳がにわかに真顔となり、鶴姫に向け畳に手をつき拝した。

「お方様に、こたびはお願いがあってまいりました」

大重鎮である江戸家老の仕草に、大谷家の難事が感じられる。だが、それと亀治郎がどう関わりがあるのかまでは、まだつかめない。亀治郎は脇で、小さく首を傾げるだけだ。その膝元《ひざもと》に与与丸が近寄り、膝に当てた亀治郎の手を舐《な》めている。

「与与丸、くすぐってえべ」

山脇の眉間《みけん》には皺《しわ》が寄り、深刻そのものである。一方、与与丸にくすぐられて、亀治郎の顔には笑いが生じている。その対照的な表情に、鶴姫はクスリと笑みを漏らした。

「お方様、笑い事ではありませんぞ。お家の一大事でござる」

山脇にたしなめられて、鶴姫は真顔に戻した。

「すまぬ。だから、何が一大事なのじゃ？　わらわが、それを聞いてどうするのじゃ？」

「お方様……いや、鶴姫様がご実家に掛け合っていただけないものか……と、殿の仰《おお》せでございまする」

山脇大膳が殿と言うのは、武州槻山藩主大谷忠次《ただつぎ》のことである。四十五歳で、まだまだ家督を忠信に継がせる齢《よわい》ではない。その大谷忠次が苦境に立たされていた。

「実家に、何をじゃ？」

鶴姫は、御三卿《ごさんきょう》である清水家の出である。

九代将軍家重《いえしげ》の次男重好《しげよし》を家祖とし、田安《たやす》家、一《ひとつ》橋《ばし》家とともに将軍の後嗣《こうし》を出す資格を有する、徳川家の分家である。このときの清水家の三代目当主は、徳川斉順《なりゆき》であった。鶴姫は、その四女である。

「当大谷家に……」

家老山脇の口から、一大事が語られる。

「幕府から、御手伝普請《おてつだいぶしん》で二万両差し出せとの要請がござった」

「にっ、二万両だってか！」

亀治郎は驚くも、鶴姫は普段の顔のままである。

「ほう、さすが鶴姫様じゃ。二万両と聞いても、少しも動じませんな。これは、頼もしい」

いかにして話を切り出そうかと、内心に憂《うれ》いを抱《いだ》いていた山脇であった。だが、鶴姫の冷静さを目にして話が通じたものと取った。

「案ずるよりも産むが易《やす》しというのは、まさにこのことですな」

山脇の口から、ほっと安堵《あんど》の息が漏れた。

「御手伝普請て、なんぞや？」

山脇の喜びは束《つか》の間だった。

「すると鶴姫様は、私めの話を……」

「何を言うてるのか、さっぱり分からん。それと、清水家がどう関わりがあるのかのう？」

　生まれたときから金銭感覚のない鶴姫に、二万両と言ってもその額そのものが、どれほど大きいものか分からない。

　これは、最初から説明せねばならぬと、山脇の背筋が伸びた。

「実は、幕府から当大谷家に、隅田川護岸工事の普請が申し付けられました。工事をそのまま請け負うか、はたまた二万両を供《きょうしゅつ》出するか、どちらかの選択を迫られたのです」

「そんなの、いやじゃと言えばよいではないか」

「言えれば、それに越したことはないのですが……」

「なぜ、できんのじゃ？」

　山脇の話を途中で遮《さえぎ》り、鶴姫が問う。

「そう簡単に、いやじゃと言えぬのが辛《つら》いところでござりまする。大名というのはか弱いものでして、いやじゃと鶴姫様のように駄々をこねましたら、たちまちお家はお取り潰《つぶ》しとなります。もしそうとでもなりましたら、家臣一同とその家族は路頭に迷い、みな餓え死にをしてしまいますぞ」

「それは大変じゃのう、なあ与与」

「与与丸にうかがいを立てている場合ではございませんぞ、お方様」

一膝乗り出し、山脇が鶴姫に苦言を放った。

「お方様だの鶴姫様だの、どちらかにいたせ。わらわは、姫様のほうがよいがの」

「ならば、これからは鶴姫様とお呼びします」

大事な話をつまらないことで引っ掻《か》き回すと、山脇は心の内で呟《つぶや》き、口がへの字となった。

「……どこまで話が通じているのやら」

ふぁーと深いため息と共に、山脇の憂いが漏れた。

「ああ見えても通じてるから、心配しねえでいいべよ」

脇に座る亀治郎が、山脇に向けて言った。

「小坂に、鶴姫様の気持ちが分かるのか？」

「誰だって、他人《ひと》の気持ちの奥底なんか、分かりはしねえべよ。でも、お鶴ちゃんはそうじゃねえ、もってるものが違うべ」

「わらわは、何をもってるのじゃ？」

「何をと言われてもなあ、拙者には分からねえ。はぁ、しいて言えばお鶴ちゃんの器の大きさってところだべか」

「わらわの茶碗は、そんなに大きいのか？」

「………………」

　鶴姫の問いに答えようもなく、亀治郎は黙った。

「まあ、茶碗の話はよろしいですから、いかがでございましょう。ご実家と話をつけていただければ、当家にとりましても殊《こと》の外《ほか》幸いでござりまして……」

　手をこすりながらの、山脇の遠慮がちなもの言いである。

　清水家を通して、御手伝普請の要請をなかったことにできないかというのが、大谷忠次の下命であった。

「ご家老の話は大体分かったけど、そこに拙者がどう関わりあるんだ？」

　大事な書状を無事に届けるために、剣の腕が立つ亀治郎が選ばれたのなら得心がいく。ならば、そこで役目は終わり今ごろは槻山への帰路についているはずだ。だが、鶴姫と一緒に話を聞いた。書状の中に、そのことも書かれてあると山脇は言っていた。

「鶴姫様に付いて、清水家に行ってくれ」

「亀治郎も一緒にか？　ならば、わらわは行く」

鶴姫が、身を乗り出して答えた。

藩主大谷忠次は、鶴姫と亀治郎が仲のよいことを知っている。亀治郎に護衛をさせれば、鶴姫は二つ返事で承諾すると、そんな狙いが書状に添えてあった。

しかし、亀治郎は考えている。

「どうしたのじゃ、亀治郎。また、一緒にお外に出られて嬉《うれ》しくはないのか？」

このとき亀治郎の脳裏には、ふとした疑問が浮かんでいた。

――断られるのに、決まってるべな……なんでだ？

「いや、嬉しいべよ。だけんどなお鶴ちゃん、殿の頼み事は、いささか無理があるべ」

「何が無理だというのだ？」

目尻を吊り上げて問うたのは、家老の山脇であった。

「ご家老だって分かるべよ、そのぐれえのこと」

「まあ分かるが、殿のご命令とあらば仕方なかろう。それと、わが大谷家の財政はかなり逼迫《ひっぱく》している。とても、二万両など供出できるものではない」

「それは、拙者も毎日算盤を弾いているからお家の内情は分かるべさ。二万両どころか、半分も出せねえべ」

「だからといって、護岸工事を請け負うほど人工《にんく》は出せんし、資材の調達もままならぬ」

亀治郎の言葉に、山脇が同じた。

領内を流れる元荒川だって草ぼうぼうの、土を盛っただけの土手である。石垣を組んだ護岸など、そんな普請は今までやったことはないし、技量を持つものはいない。そうなると、金で解決するほかはない。それが二万両といった額である。

三

藩主大谷忠次の狙いは、鶴姫が養父の清水斉順に頼み、そこから十一代将軍である徳川家斉《いえなり》に話を通してもらうことにある。

家斉には分かっているだけで男子二十六人、女子二十七人の子供がいる。そのほかにも、ご落胤《らくいん》がいるとされ、身近な女に手をかけて生まれた鶴姫は、数に入らない一人であった。しかし、家斉はことさらに鶴姫のことを目にかけ、むしろ特別な意味で可愛がっていたのである。

生まれてすぐに、鶴姫は清水家の養女となった。それは将軍家斉直々《じきじき》の、たっての頼みからであった。

鶴姫も表向きでは『家斉の爺《じっ》ちゃん』と呼んではいるが、もの心ついたころに、清水家当主斉順の口から将軍の御落胤だと知らされていた。このことを知るのは、将軍家斉と斉順、鶴姫の三人しかいない。斉順の四女として生まれ、育ったことと表向きはなっている。

むろん、大谷忠次も家老の山脇大膳も小坂亀治郎も、鶴姫が将軍の実子であることは知らない。ただ亀治郎は、以前鶴姫が将軍家斉に直談判で、千代田城に赴《おもむ》いたときに同行していた。すると将軍への目通りが、いとも簡単に叶《かな》った。そのときに、家斉と鶴姫が交わした会話は、亀治郎が知るよしもない。だがそれにより、とある大名家が苦難から救われた。

亀治郎はそのことを思い出し「もってるものが違う」と言ったのである。

「いかがでございましょう、お父上の斉順様にお願いしていただけないものでしょうか？」

額《ひたい》を畳に伏せて、家老の山脇が鶴姫に乞《こ》い願う。

「面《おもて》を上げてくだされ、ご家老。わらわはいやとは申しておりませんぞ」

山脇が頭を上げると、鶴姫はにっこりと微笑《ほほえ》んでいる。その顔を見て、亀治郎も小さく笑みを浮かべた。

「……何か、魂胆《こんたん》があるようだな」

誰にも気づかれないほどの小声で、亀治郎が呟く。真剣な顔は、家老の山脇だけであった。

「それでは、願いを叶えていただけますので？」

「ええ、もちろんですとも。お家の一大事じゃからの、わらわにまかせておきなされ」

「よくぞ申していただけました。さすが鶴姫様でございます。いや、ずいぶんと大人になられましたな」

山脇も、感無量といった面持《おもも》ちと口調である。

「ならばさっそく、お出かけの手配をつけまする」

山脇としては、一刻も早く清水家に出向いてもらいたい。

鶴姫は、すぐにでもお外に出たい。

両者の思惑が一致し、その日のうちの出立《しゅったつ》となった。夕方ならば、当主斉順に会うことができると踏んでいる。

「せっかくお里帰りするのですから、特別にご一泊なされてもよろしゅうございますぞ」

半里もない道である。急がなくても、日暮れまでには帰ることができる。一泊の許可は、家老の粋な計らいであった。

「さようか、嬉しいのう。与与も、一緒に行くかえ？」

膝の上に乗る与与丸に、鶴姫が話しかけた。「ワン」と、一吠えすると与与丸もよほど嬉しいのか、膝から下りると畳の上でくるくると回りはじめた。

「いや、与与丸を連れていくのはなりませぬ。遊びに行くのでありませんからな」

山脇が大きく首を振って、たしなめる。

「だったら、わらわは行かぬ。一晩でも、与与と一緒にいられぬのは寂しくて辛いからの」

一度駄々をこね出すと、治まらないのは山脇も知っている。

「分かりました。その代わり、清水様とご会見のときは同席させませぬように」

山脇が、条件を出した。

「いや、むしろいてもよいのじゃ。与与は、お父上からいただいたのだからの。与与がいれば、お父上もさぞかしお心が癒《いや》され、二万両出してくれると言うかもしれぬ」

「おお、なんという仰せ。鶴姫様のその深謀遠慮、この山脇深く感服いたした次第でござる」

山脇が、またも畳に両手をついた。

「お波とお梅《うめ》も一緒によろしいかえ？」

部屋の隅《すみ》に控えている、侍女のお波とお梅も同行させるつもりである。それまでずっとうつむいていたお波の顔が、上を向いた。そして小さくうなずくと、二コリと笑った。

　どちらかといえばお波は勝気で、お梅は控えめな性格である。鶴姫の身の回りの世話は、主にこの二人の役目であった。

「もちろんでござりまする。たとえ一泊でも、身の回りの世話をするお側の者がいなければなりませんからな。それと、小坂と二人きりでは、さすがに承諾いたしかねます。変に誤解されては大変でありましょう」

　これには、亀治郎の小さな目が見開く。

「なんだべ、変な誤解って。ご家老は、変なことを考えてるんじゃねえべな？」

「いや、そんなつもりではないが、他人《ひと》の噂《うわさ》というのはとかく曲げて伝えられることが多いのでな」

「だったらあと二人、拙者以外に護衛の者を選んでくれねえかな」

　剣の腕では、家中でも三指に入る亀治郎である。一人でも鶴姫を護る自信はあるが、あらぬ噂を立てられてはたまらない。

「ならば、徒組《かちぐみ》の配下の者を付けるとしよう」

　徒組は、藩主の警固役である。剣に手練《てだ》れの者が多い。

「殿は今国元におられるので、江戸番の徒組の手は空いている」

「ならば、ありがてえべ。変な誤解をされなくてすむしな。それと、にぎやかでいいべよ、なあお鶴ちゃん」

同行者は、一人でも多いほうが楽しい。

「そうだの。たくさんお供がいて、楽しみじゃのう。なあ、与与」

久々に見せた鶴姫の屈託のない笑みであった。

「ならば、頼むぞ小坂」

誰に対しても物怖じしない亀治郎を頼もしく思った山脇は、ぐいと言葉で押した。

「はぁ、まかせておけって」

どんと胸を叩くも、鶴姫の外出は物見遊山ではない。第一の目的は、大谷家の苦難を救うことだ。自分も勘定方の末端にいる者として、捨ててはおけない問題だと、亀治郎は臍下《へそした》三寸にある丹田《たんでん》に力を込めた。

しくじったら腹を召さねばならない。亀治郎は心の内に覚悟を秘めた。

清水家までは四人の陸尺《ろくしゃく》が担《かつ》ぐ、姫様用の惣黒漆金蒔絵棒黒塗《そうくろうるしきんまきえぼうくろぬり》の立派な乗り物にて向かう。

清水家は千代田城の西北、内濠に沿って広大な屋敷がある。外濠に架かる小石川御門からは、さほど遠くはない。急いで行けば、四半刻《しはんとき》もかからずに着く距離である。

昼八ツを報《しら》せる鐘が鳴ると同時に、お駕籠《かご》の底が上がった。

急遽《きゅうきょ》鶴姫の護衛として選ばれたのは、徒組十人衆の中でも剛健で鳴らす岡野《おかの》金吾《きんご》と、剣の腕はさほどではないが頭の切れる内山銀三郎《うちやまぎんざぶろう》であった。ともに、二十五歳の亀治郎より二歳下の家臣である。

同じ足軽出であれば、身分に隔《へだ》たりはない。年長だと亀治郎が扱いづらいだろうと、山脇が気を利かせ、あえて年下をつけたのである。だが、文官と武官の違いがある。

「——おらほ……いや、拙者は小坂亀治郎ってんだ。よろしく頼むべ。おめえらは金に銀かよ、こっちは鶴と亀だんべ。なんだか、いい具合にそろったもんだな」

初めて顔を合わせたときの亀治郎の言葉に、金吾と銀三郎は馬鹿にしたようにうつむいて笑った。

「──あんな肥やし臭《くせ》え、田舎者《いなかもん》に指図されるのはかったるいな」

とかく武官は、文官を下に見ている。

「ああ。どっから見ても田舎侍丸出しだしな。だんべえなんて、変な言葉を使ってやがる」

「あんな腰抜けみてえなのを、よくも鶴姫様の護衛につけるもんだ。上の者は、何考えてるんだかな？」

「ご家老の山脇様から直々《じきじき》命じられては、いやでもついて行くしかねえ」

二人とも、江戸生まれの江戸育ちである。若いがゆえに、血気も盛んである。亀治郎に対する、ありったけの罵《のの》り言葉をひそひそと並べた。

鶴姫が乗った駕籠の前を、露払いのように金吾と銀三郎が歩き、駕籠のうしろに亀治郎とお波、そしてお梅がついた。

駕籠には鶴姫と、その膝の上には与与丸が乗っている。

短い距離に半刻ほどをかけ、一行は清水家の正門の前まで来た。

った。


「久しぶりじゃのう、与与」

御簾《みす》越しに外を見て、鶴姫が目を細くしている。およそ半年ぶりの里帰りであった。

他家に嫁《とつ》ぎ、半年過ぎたくらいでは久しぶりとはいえない。だが、鶴姫にとっては、幾年《いくとせ》も過ぎたような心持ちであった。

「でも、ここも堅苦しいからのう」

鶴姫にとっては、どちらの家も窮屈で仕方がない。

「さっさと用件を済ませ、早くお外に出たいの、なあ与与……」

与与丸の頭を撫《な》でながら話しかける鶴姫の言葉に、何やら魂胆《こんたん》が隠されている。

「ワン」

と一吠え、与与丸の返事があった。

「そうか、与与もわらわの気持ちが分かっておるか」

与与丸の頭を撫でながら、鶴姫が含み笑いを浮かべた。

四

姫様のご帰省だけに、丁重な扱いである。

「どうぞ、こちらに……」

御客の間で一行六人と一匹が待たされていると、亀治郎にも覚えのある顔が二つ入ってきた。

清水家奥方御用人の吉本忠左衛門《よしもとちゅうざえもん》と、その配下の海原小平太《うなばらこへいた》であった。吉本と海原は亀治郎を見ると一瞬驚く顔をしたが、すぐに鶴姫のほうに目を戻した。

「これは鶴姫様、ご機嫌うるわしゅう……」

「久しぶりじゃのう。爺も、達者でおったか？」

たった半年しか経っていない再会なのに、仰々《ぎょうぎょう》しい挨拶《あいさつ》である。

「殿がお会いすると申しております。どうぞ、こちらに」

「さようか。お父上に、早く会いたいのう。与与丸も、一緒においで」

鶴姫がすっくと立ち上がった仕草を見て、亀治郎は小さく呟く。

「……まかせておけと、大言《おおごと》放っていたから大丈夫だんべ」

そして静かに吉報を待つことにする。それでも、亀治郎には腑《ふ》に落ちない何かが残っている。

「亀治郎さん、ご無沙汰しております」

御客の間に残った海原が気さくにも、姓ではなく名のほうで亀治郎に語りかけてきた。

「おお海原殿、こちらこそご無沙汰だんべな。元気にしてたかい？」

亀治郎の返しも、気取りがない。

「相変わらずで……」

「あれ、酒井《さかい》殿はどうしたべ？」

海原の同僚である酒井国太郎《くにたろう》も、亀治郎にとっては忘れられない名である。輿入れする前は、鶴姫の警固人であった家臣たちである。鶴姫が、無断外出するたびにいろいろな事件に巻き込まれ、翻弄《ほんろう》されてきた。

「酒井は、鶴姫様が嫁《とつ》いだあと円形脱毛症に罹《かか》ってしまい、今は別のお役についております」

「お鶴ちゃんの警固で苦労したかんな。いろんなことがあって、疲れたんだべよ」

「ええ。あのころは楽しくもあり、辛くもありました。ところで亀治郎さんは、いまでも鶴姫様のお側に……？」

「いや。今は、国元で算盤を弾いている毎日だ。このたびは殿の遣いでな、江戸に来たってわけだべさ。そしたら、お鶴ちゃんが一緒に行こうってな」

大事な用件までは語れないのを、亀治郎も心得ている。

「相変わらず、駄々をこねてますな」

「まあ、それがお鶴ちゃんのいいところだんべ。拙者は、お鶴ちゃんが嫁ぐとき『一生護ってやる』って言った手前、どこへなりとも付き従うつもりだ」

「さようでござりましたか。身共もまた一緒に、お供したいものですな」

「だったら、一緒に来たらどうだ？」

一膝進めて、亀治郎が誘った。

「いや、そうはまいりませぬ。鶴姫様は今は他家の奥方様で、遠く離れておいでです。それと、身共は別の姫君のお側に仕《つか》えておりますので。このお姫様は、鶴姫様とはまったく逆の性格でして、外に出るのは絶対にいやじゃと言って屋敷にこもっておりまする。楽といえば楽なんですが……」

海原が、ふと寂しげな表情となった。以前を恋しがる気持ちが、面相に表れている。

「今夜一泊の許しを得ていてな、あしたの朝には藩邸に戻らなくちゃならねえ。そしたら拙者も、国元に戻るつもりだ」

亀治郎は亀治郎で、一抹《いちまつ》の寂しさを感じている。できることなら、江戸に止《とど》まりたいと。

亀治郎と海原のやりとりを、金吾と銀三郎が驚いた顔をして見やっている。

「……ずいぶんと、馴《な》れ馴れしいもんだな」

「お鶴ちゃんなんて言ってるぜ」

そこに、亀治郎の声がかかる。

「おい、金と銀……」

「金と銀だと！」

二人の血相が変わった。すると、背後に座るお波がクスリと笑う。お波は亀治郎と海原のやり取りを平然として聞いている。鶴姫から、小坂亀治郎のことは耳に胼胝《たこ》ができるほど聞かされていたからだ。

「いいからあんたら、黙って聞いてなさいよ」

お波が軽い口調で金吾と銀三郎を宥《なだ》めた。言葉の奥に、お波の気の強さが表れている。深川育ちで、二十歳《はたち》になる町人の娘である。気風《きっぷ》が売り物であるが、おしとやかさを身に付けさせるために、大名家に奉公に上がらされていた。

「あんたらって……」

年下のお波の言い様に、さらに金吾と銀三郎の顔に赤みが増した。

「細かいこと、いちいち言ってないの」

睨《にら》み付けるお波の眼光に、徒組配下の二人は押し黙った。

「おい、金と銀。このお方は海原様といってな、ずいぶんと世話になったお方だ。挨拶をしたらどうだ？」

亀治郎に促《うなが》され、金吾と銀三郎の頭が小さく下がった。

「岡野金吾でござる」

「内山銀三郎でござる、よしなに」

「ほう、それで金と銀でござるか。拙者、海原小平太にござる。こちらこそ、よしなに」

ここでも金と銀と聞いて、二人の顔に渋みが生じた。だが、鶴姫の実家である清水家の御客の間である。怒りを露《あらわ》にするわけにはいかない。伸びて突っ張る体が、もとに戻った。

そのころ、清水家当主斉順の御座では、鶴姫が神妙な顔をして父と向かい合っていた。

「元気そうだの。だが、なぜ戻ってきた？」

半年ぶりに鶴姫の顔を見ても、斉順の顔に喜びはない。むしろ、口がへの字に曲がり、不機嫌そうな顔である。与与丸が鶴姫の脇に座っていても、和もうともしない。もう少し、優しい言葉があると思った鶴姫は、肩透かしを食らった心持ちとなった。

「お父上に、お話があってまいりました」

しょげることなく、鶴姫は毅然《きぜん》とした態度を示した。

「ほう、話とは……聞こうぞ」

門前払いにだけは、ならなくて済みそうだ。

「大谷の、お舅《しゅうと》様からのお遣いでございます」

鶴姫にしては、できすぎた口上である。こんな姿を、父親である斉順以外、誰も見たことはない。亀治郎でも知らぬところである。

「おお、ずいぶんと大人になったものだの。それで、大谷殿はなんと？」

「将軍様に、お願いしたい儀がございまして……」

実父である家斉を、公式の場では将軍様と呼ぶ。

「上様に、何を頼もうというのだ？」

「二万両……」

と言ったきり、御手伝普請という言葉が出てこない。乗り物の中では憶えていたものが、すっかりと頭の中から消えた。肝心なときに、思い出せないことはよくある。そして焦ると、記憶は余計に引っ込む。

「二万両がどうした？」

「二万両がないと、大谷のお家は潰れます。そして、みんな餓え死に」

初《しょ》っ端《ぱな》の口上はつつがなかったものの、ここで鶴姫の言葉が途切れた。

「はて、二万両がなくて大谷家が潰れみんな餓死とは……一体どういうことだ?」

「隅田川……工事……お金……えーと、それから……」

鶴姫は、思いつく言葉を一つずつ口に出した。

「お鶴の言いたいことは、御手伝普請ってことか?」

「そっ、それでござります」

胸の痞《つか》えが下りたか、声音《こわね》高く鶴姫が返した。

「そうか。二万両の供出を、大谷家は持ち出されたか。それで、お鶴はわしを通して上様に頼み込み、なんとかしてくれと言うのだな?」

「はい。その通りでござります」

鶴姫は、かしこまって畳に両手をついた。

「できんの」

斉順の答は、つれない。

「なぜにでございましょうか?」

「幕府の決め事を、いくら御三卿といえど口出しはできん。それに、わしの口から上様に、とてもでないがそんなことは頼めん」

「ならば、わらわが赴いて……」

「いかに上様が、お鶴を愛おしがっているとしても、それだけは叶うまい。なぜかといえば、そのたびに決め事を覆《くつがえ》していては政《まつりごと》は務まらんからの。それと、どこの大名家でもみな同じように供出を迫られているのだ。大谷家だけ許されるというわけにはいかん」

懇々《こんこん》と斉順は説く。

「いくらお鶴の頼みとて、できんものはできん」

斉順が引導を渡すような、強い口調で言った。鶴姫としては、これ以上父親を困らすわけにはいかない。しかし、江戸家老山脇に大きな口を叩いた手前、駄目でしたでは帰れない。

「分かりました、お父上。これはわらわのほうで、なんとかかいたします」

「なんとかかいたしますって、お鶴がなんとかできるのか？」

「さあ、できるかどうかはなんとも……わらわができないと思うのでしたらお父上、二万両ください」

掌《てのひら》を差し伸べ、鶴姫が無心した。「ワン」と、与与丸からも、頼み込むような一吠えがあった。

「二万両くださいって、お鶴はそれがどれほどの額か分かっておるのか？　片手を出しても、載せられる物ではない。小遣いをくれというのと、わけが違うのだぞ」

「もちろん心得ております。一両が二万枚ってことですね。そのくらいなら、わらわにも分かります」

なんとも楽天的な鶴姫に、斉順はしばし言葉を失った。

「とにかく、わしに頼まれてもどうにもできん。財布の中に今ある金なら、なんとかなるがな」

なんとかなると聞いて、鶴姫が一膝前に繰り出した。

「いかほどでございましょう？」

「そうだな、十両くらいかの」

斉順が、お忍びで外出するときには一文なしというわけにはいかない。大抵は、引き連れる家来が支払いをするが、斉順自身も十両ほどは持ち歩く。

「それだけでは、足りません」

「そりゃ、足りぬだろう。だからお鶴、あきらめよ。それと、お家の政はお鶴が口を出すことではない。大谷忠次殿も、なんでお鶴に頼るのだろうのう？　よほど切羽詰まっておるのだな」

斉順の言葉は、鶴姫の耳には入っていない。将軍家斉への嘆願が駄目で、父親からも二万両もらえない。「――さてどうするか？」と、頭の中はそのほうに切り替わった。

となると、いつまでも実家で甘えているわけにはいかない。

「それではお父上、これにて引き上げさせていただきます」

「もう帰るのか？」

「はい」

「せっかく来たのだ。一泊くらいしていったらどうだ？」

「そう思いましたが、これから二万両の工面《くめん》をしなくてはなりませんので」

「なんだと？　お鶴自《みずか》ら金を作ろうというのか」

「わらわがお舅様から頼られたのです。なので、わらわがなんとかします」

きっぱり言い切る鶴姫に、さしもの御三卿清水斉順も返す言葉を失った。少し間を置き、斉順の顔が緩《ゆる》む。

——鶴姫がいかに出るか、見ものであるのう。ここはやはり、突っぱねるに限る。

言葉にはせず、そんな思いが斉順の脳裏をよぎった。

「何か、おかしなことでもございますか?」

「いや、なんでもない。そうだ、わしはもう行かねばならぬ。お鶴、体を厭《いと》えよ」

言って、斉順は立ち上がった。

たった四半刻《しはんとき》の面談であったが、本来ならばとても叶うものではない。当初斉順が見せた渋面《じゅうめん》は、そんな厳格さゆえからであった。

五

交渉は決裂したが、鶴姫の心の内は燃えている。

久しぶりに、心に滾《たぎ》るものができたからだ。しかし、それがどれほど無理難題かまでは気づいていない。

「二万両、どうして作ろうかの？」

足元の与与丸に語りかけながら廊下を歩き、亀治郎たちが待つ御客の間へと戻った。

襖《ふすま》を開ける前に一つ深呼吸をして、鶴姫は気持ちを整えた。

「さて、ここを引き上げますぞ」

部屋に入るなり、いきなり鶴姫が言う。

「引き上げるって、一泊するんでねえのか？」

「いいえ。これから二万両作りにまいります」

「えっ、今なんて言ったべ？」

耳をほじくりながら、亀治郎が訊《き》いた。

「二万両作りにまいると言ったのじゃ」

「すると、お殿様との交渉は決裂だべか？」

「ええ。お父上はできんと申された。なので、わらわがお金を作ることにしたのじゃ。そんなことで、これから二万両作りに行くのじゃ」

「行くのじゃって、どこにだんべ？」

呆気《あっけ》に取られながらも、亀治郎は問う。金吾と銀三郎の顔は青ざめ、お波とお梅は目を丸くしている。

「お外にじゃ」

「お外は分かってるけど、そこがどこなんだか……お屋敷には、戻らねえのか？」

「戻らん……帰りとうない」

これには金吾と銀三郎の顔面の青みがさらに濃くなった。額からこめかみから、脂汗《あぶらあせ》が滲《にじ》み出る。お方様の失踪《しっそう》は、警固の者として断罪ものだ。

「だったら、どこに行こうってんだ？」

「分からん。どこがいいかの？」

「どこがいいかと、急に言われてもなあ……だったら、浅草しかねえべな」

浅草ならば、頼る町人が数多くいる。

「だけんど、二万両も出してくれる人はそうそうはいねえべ」

浅草の金持ちをいくく人か思い出したが、そこから二万両の捻出《ねんしゅつ》は到底無理だと亀治郎は思っている。むしろ、迷惑をかけるだけだ。なるべくなら、金の話は持ち出したくはない。

「やっぱり、浅草は駄目か」

亀治郎は、浅草を脳裏から消した。

「だったら、深川に来てみない」

背後から、控えていたお波の声がした。

「深川だって？」

地名は知っているが、鶴姫と亀治郎は行ったことがない。

「ここからちょっと遠いけど、私の実家ならもしかしたらお父っつぁんに頼めるかも。二万両はどうか分からないけど、その半分くらいなら……」

お波の実家は材木問屋で、深川でも五つの指に入るといわれる大富豪である。

「そうだな。一万両もあれば、厳しいけどあとはなんとかできっかもしれねえ」

勘定方に属する亀治郎には、それくらいの計算はつく。二万両はそろえられなくとも、やり繰りは叶うはずだと。

「ですが、これから深川まで行くと夜になってしまいますぞ」

金吾が口を挟んだ。

「だからなんだってのさ？　お鶴ちゃんがこれほどお家のことを思ってるのに、ご家来が弱気なことを言ってちゃいけないわね」

お波の物怖じしないもの言いに、亀治郎は肚《はら》を固めた。

「よし、深川に行くとすんべ」

しかし、清水御門を出てから深川までの道順を知ってる者は誰もいない。それとは別に、大きな難問があった。

鶴姫の身形《みなり》と、大層な乗り物である。惣黒漆金蒔絵棒黒塗のお駕籠をどうするかである。それと、裾《すそ》引《び》きの御殿衣装では、町中を歩くことはできない。

「ここは一度、屋敷に戻る以外にねえべな」

だが、一度戻ったら二度と外に出られる保証はない。乗り物と裾引き衣装の始末に困った。

「ならばわらわに考えがある。家老の山脇に、事の次第を話さねばなりませんしの。一度、お屋敷に戻るとします」

　このとき鶴姫の脳裏には、屋敷を抜け出す妙案が浮かんでいた。


　一度上屋敷に戻り、鶴姫は自分の部屋に家老の山脇と奥御用頭《おくごようがしら》の佐々山平十郎《ささやまへいじゅうろう》を呼んだ。

　佐々山は、奥を仕切る頭で厳格な家臣である。この者が、鶴姫の外出を許すかどうか不安であったが、非常事態である。どうしても、得心をしてもらう以外にない。

　顔を上気させて、山脇と佐々山が一緒に部屋へと入ってきた。そこには清水家に赴いた六人がそろっている。鶴姫は上座に一人座り、五人は下座から向かい合っていた。

「こんなに早く戻ろうとは、ご首尾はうまくいきましたようですな。早くお報せしようという、お気持ちがあったからでしょう」

「お父上からは、断られました」

鶴姫の一言で、山脇の上機嫌な表情が、一瞬にして凍りついた。

「だが、心配しないでくだされ。これからわらわがお金を作ってまいります」

「作ってくるとは、いかにして……？」

「わらわに考えがございます。二万両といわずも、一万両だけでも……それで足りるかの、亀治郎？」

山脇の肩越しに、鶴姫は声を投げた。

「なんとかやり繰りをすれば、大丈夫だと思う。あとは、勘定方の腕しでえだんべな」

亀治郎が、山脇の背後から答えた。

「そういうことじゃ。なので、一万両を作ってくるので、あしたお外に出ます。ただし……」

急に鶴姫が、真顔となった。

「ただし、なんでござりましょう？」

鶴姫から出る条件に不安を感じるのか、佐々山の額から脂汗が滲み出ている。

「ただし、忠信様には内緒でお外に出とうございます」

「はて、若殿に内緒でと申されますのは？　一万両作って、すぐにお戻りになられるのでは。まあ、せいぜい一泊くらいならなんとか……」

佐々山は鶴姫の外出が一、二日と思っている。

「一万両が、そう簡単に作れるわけがないではないか。たった一晩のお泊りでは無理じゃ」

「ならば、いく晩のおつもりでございます？」

「そうよのう、少なくも七日は欲しいのう」

「なっ、七日ですと？　そうなると、若殿に内緒というわけにはまいりませんぞ」

一膝進めて、佐々山が訴える。

「それなら、平気じゃ。忠信様は、十日に一度しかお渡りになりませんでの。きのうお義母上《ははうえ》と来られたばかりですから、あと八日はわらわのもとにはまいりません」

「……そのようでございましたな」

奥向きの御用を司《つかさど》る佐々山には、そのへんの事情が分かっている。七日ならばと、乗り出した膝を引っ込めた。

「なんだと？　若は十日に一度しかお鶴ちゃんのところに来ねえのか。なんと、薄情な若殿だんべ。そんな奴だとは、思ってもなかったな」

亀治郎が、顔を真っ赤にして憤《いきどお》りを口にする。

「そんな奴って、若殿に対しそんな口の利き方をする家臣がおるか」

山脇が振り向き、こちらも顔を赤くして亀治郎を叱咤《しった》する。

「わらわは、忠信様が薄情だとはこれっぽっちも思ってませんぞ、亀治郎」

鶴姫は指を丸め、その先をわずかに離して思いのほどを口にした。

「そいつは、すまなかったな。だが、ずいぶんと冷《つめ》てえんじゃねえかと……」

「いや。忠信様は無口で無趣味で無愛想で、少々母親固執症のところがあるがの。でも、なんといっても一番よいのは、優しいところなのじゃ。何をしても何を言っても、怒ることはないでの」

「まあ、あの若殿は顔が四角くのっぺらとしてるけど、心根が優しいのが取り得だ。だけど、いいところはそこしかねえべな」

「それだけあれば、充分じゃ」

言い切る鶴姫の表情に、ふと寂しさの影が宿るのを亀治郎は見逃さなかった。

――よし、また江戸の休日を楽しむとするべか。なあ、お鶴ちゃんよ。

亀治郎だけ、鶴姫の心の底を見抜いていた。

「……今度は、深川の町か」

亀治郎が、誰にも聞こえぬほどの声で呟いた。


翌日の早朝、正々堂々と六人と一匹の一行は藩邸をあとにした。

鶴姫に、警固役として亀治郎と金吾と銀三郎が付く。身の回りの世話は、お波とお梅が受け持つ。向かう先は、深川木場《きば》の山本町《やまもとちょう》である。そこでお波の父親と会い、一万両……うまくいけば二万両の無心をして、あとは物見遊山と洒落《しゃれ》込もうとの算段であった。

大谷家の江戸屋敷を出たところから、徒歩である。

鶴姫は、お気に入りの黄八丈《きはちじょう》に着替え、頭も娘島田に結《ゆ》い直し、すっかりと町娘に出来上がっていた。こんなこともあろうかと、町娘に化ける着物類は行李《こうり》の中にしまっておいた。それを着られる日が、これほど早く訪れるとは、鶴姫自身思ってもいなかった。

お波もお梅も、お仕着せの矢絣《やがすり》から自前の小紋《こもん》の袷《あわせ》に着替え、町娘三人衆が出来上がった。

三尺うしろを歩き、それを警備するのは腰に二本を差した警固侍三人である。

そしてもう一匹、首輪をはめられた与与丸が鶴姫と組紐《くみひも》でつながっている。

「楽しいのう、与与」

前を歩く与与丸に、鶴姫が声をかけた。「ワン」と一吠えして、与与丸が振り向く。白と黒のぶち模様の顔が、笑いを帯びているように見える。足の裏の肉球が、久しぶりに地面の感触を味わっているかのようだ。

一行は神田川に沿って歩き、船宿から川舟を雇い深川まで行くつもりであった。六人と一匹が乗れる川舟は、川幅が広くなる筋違御門《すじかいごもん》あたりまで行かなくてはない。

湯島聖堂の裏を通り、八ツ小路まで来たところでふと鶴姫が立ち止まった。輿入れする前に、清水の屋敷を抜け出してはよく来た場所である。見覚えのある景色に見入った。

「このあたりで、いろいろな人と出会ったのう」

うしろに控える亀治郎に、鶴姫が話しかけた。

「佐久間町《さくまちょう》のお松《まつ》さんは、元気かな？　よかったら、寄ってみるべか」

以前は清水家で鶴姫の侍女であったお松が、さほど遠くない佐久間町に住んでいる。日野屋という古着屋の娘で、鶴姫がお忍びで外に出たときはそこで着物を調達したものだ。今は、清水家の元家臣で町人となった大木善兵衛《おおきぜんべえ》と所帯をもって暮らしている。

「会いたいのう、お松に。でも、先を急ごうぞ。まずは、御手伝なんとかのほうが先じゃ」

早く用事を済ませないと落ち着かないと、鶴姫は我慢した。

「お鶴ちゃんから、そんな言葉が出るとは思わなかったな。以前なら、用事などほったらかしてでも、先にお松さんのところに行ったべよ。しばらく会わない間に、ずいぶんと成長したもんだな」

亀治郎が、うなずきながら感心する。

筋違御門を過ぎて、柳原通《やなぎわらどお》りを歩いていると今度は亀治郎が立ち止まり、鶴姫に話しかけた。

「お鶴ちゃんに憶えはねえか？」

「あるとも」

鶴姫と亀治郎が初めて出会った、見覚えのある場所に立つ。

「なつかしいのう」

もう二度と見られぬと思った景色に触れて、鶴姫はちょっと感傷的になった。丸い眼に、ほんのりと涙が滲んでいる。

「どうかしたので？」

きょろきょろとあたりを見回す二人を見て、金吾が声をかけた。

思い出すのは、春先のことである。大谷忠信との婚礼が嫌で清水家を逃げ出した鶴姫は、ここで追っ手に捕まった。そのときの追っ手こそ、後に仲良くなった横山《よこやま》、西川《にしかわ》、海原、酒井、大木といった清水家の面々である。その五人を亀治郎が拾った棒切れでもって打《ぶ》ちのめした。ふとその情景が脳裏をよぎり、亀治郎が苦笑《にがわら》う。

「いや、なんでもねえ。もうちょっと行けば、船宿があるはずだべ」

答をはぐらかし、亀治郎は先を急いだ。

六

神田川に架かる和泉橋《いずみばし》の手前に、船宿が一軒ある。

柱に屋根をつけただけの屋根舟があり、それならば六人と一匹は一緒に乗れる。

舟は神田川を下り柳 橋《やなぎばし》から、川幅およそ一町の隅田川へと出た。

「大きな川じゃのう」

「だから、大川というのですよ」

界隈《かいわい》では、大川のほうで名が通っている。

生まれて初めて、鶴姫は大川の流れに乗った。秋も深まり、川風が冷たく頬《ほお》をさす。

「みんな、寒くねえべか？」

亀治郎が、町娘三人衆に話しかけた。

「わらわは与与を抱いて、暖かいからだいじょうぶぞえ」

「あたしも、お肉がついてるから平気」
木場《きば》で育ったお波は、川風に慣れている。それと、太り気味の大柄の体は、見た目からして寒さには強そうだ。

するとお梅がくすんと嚏《くさめ》を発した。

「風邪をひいちゃいけねえべ。拙者の羽織を着ていな」
亀治郎は羽織を脱ぐと、お梅の肩にかけた。

「優しいのう、亀治郎は。そんなところが、わらわは好きじゃ」
笑みを浮かべる鶴姫のほっぺが赤い。

「鶴姫様、拙者のを……」
金吾が羽織を脱ぐと、鶴姫の背中にかけた。

「すまんのう。金吾も優しいお人じゃ」
すると、銀三郎が羽織を脱いでお波に着せた。

舟は、ぎっちらと櫓《ろ》を漕ぐ音が軋《きし》み、新大橋を潜《くぐ》ってゆっくりと進む。浅瀬に群生したすすきが、白い穂を揺らしている。

間もなくして屋根舟は大川を左に取り、仙台堀《せんだいぼり》へと水押《みおし》を向けた。左右の岸は深川である。

「もう少しで着くわよ」

ここからは、お波が案内をする。大川から入って、三つ目の亀久橋《かめひさばし》を潜ったところの船着場に一行の乗った舟が停まった。

「さあ、着きました」

半刻もかからぬ、舟の旅であった。

「楽しかったのう、与与」

寒くはあったが、家臣たちの優しい気配りに鶴姫はこの上ない温かさを感じていた。

陸《おか》に上がると、景色は一変している。周囲に積み上げられた材木が、木の香りを漂わせ、いかにも木場といった風情である。

着いたところは、深川山本町《やまもとちょう》である。

仙台堀沿いを一町ほど歩くと、丸太が浮かぶ新堀が交差する。その新堀沿いを左に曲がると、お波の実家がある。

「ここから家までは二町ほど。鶴姫様、お疲れでないですか?」

与与丸を抱いて歩く鶴姫に、お波が言葉をかけた。

「だいじょうぶ。それよりも、もう鶴姫様と呼ばんでよい。これからは、お鶴ちゃんと呼んでたもれ。金と銀もだぞえ」

「拙者らも、そう呼んでよろしいので?」

銀三郎が、遠慮がちな声音で訊いた。

「そんな、堅苦しい言葉などいらぬ。亀治郎のように、だんべだんべと言ってもかまわぬ」

そうは言っても、鶴姫自身が姫様言葉である。

「はっ、かしこまりました」

金と銀の頭が下がった。

町娘の三人と腰に二本の刀を帯びた侍三人、そして狆《ちん》が一匹の奇妙な一行が深川の木場へとやってきた。

お波の実家である秋田屋《あきたや》へと歩みを進める。

「あれ……?」

立ち止まって声を出したのは、亀治郎であった。

「なんか、人だかりがしてるべ」

お波を見ると、驚いた顔で凝視している。

「あそこ……秋田屋《うち》だわ」

店先に野次馬らしき人たちが十人ほど立ち止まって、中をのぞいている。

「何かあったな」

ただならぬ異変を感じたのは、そこに六尺の寄棒《よりぼう》をもった小者役人が三人ほど立っているからだ。

にわかに、不安が六人の脳裏を襲った。お波が真っ先に駆け出す。それを追うように、与与丸を抱いた鶴姫とお梅も駆け出した。警固に後《おく》れを取るまいと、三人の家臣も一斉に走る。与与丸も異変を感じたか、鶴姫の手から飛び降りると秋田屋に向かって駆け出した。

「与与、待ちなされ」

鶴姫が呼びかけても止まらない。与与丸が一番先に店の前に着いた。早くしろとばかりに、ワンワンと吠え立てる。

「何があったのでございましょうか？」

お波が早足で駆けつけ、店の中をのぞいている野次馬に訊いた。お波には見覚えのない男であったが、逸《はや》る気持ちが抑えられない。中に入る前に、まずは何があったかを知りたかった。

「なんだか、秋田屋の旦那《だんな》を捕まえに来たみてえだぜ」

一瞬にして、お波の顔が引きつった。

――なんで、お父っつぁんが……？

顔面蒼白《そうはく》となって口にするも、声として出てこない。

「何があったのじゃ？」

追いついた鶴姫が、お波に問うた。眉間に皺《しわ》を寄せて、鶴姫も心配顔である。いや、鶴姫だけでなく亀治郎も金吾も銀三郎も。お梅など、今にも泣きだしそうな顔をしている。

「お父っつぁんが、お役人に捕まったみたい」

「えっ！」

「なんでだ？」

驚きと問いが混ざった。そこに、捕り方役人の、居丈高《いたけだか》な声が聞こえてきた。

「どけどけ、どけい。邪魔だ、そこをのけい！」

外にいる野次馬を搔《か》き分け、店の外へと出てきた。朱房《しゅぶさ》の十手を翳《かざ》した町方役人のあとに、縄を打たれた秋田屋の主《あるじ》で、お波の父親である惣衛門《そうえもん》が引き出される。

町人髷《ちょうにんまげ》はほつれ、うな垂れた惣衛門の姿は変わり果てている。大店《おおだな》の主人の凜々《りり》しさは失われ、小袖《こそで》の着流しに縄を巻かれた姿はいかにも咎人《とがにん》といった様子である。

「お父《と》っつぁん」

お波は、そう呼ぶのが精一杯であった。

娘の声に気づき、惣衛門がうな垂れた頭を上げた。

「お波か……わしのことは心配するな」

一言、力のこもった声音で言うと、そばにいた大柄の男に何ごとか囁《ささや》いた。秋田屋の印半纏《しるしばんてん》を着た奉公人である。

お波は何があったのと訊くことも叶わない。あまりに酷《むご》い、父娘《おやこ》の一年ぶりの再会であった。

引き立てられていく惣衛門のうしろ姿を、黙って見ている以外にない。そこに、野次馬同士の話し声が聞こえてきた。

「火付けの咎だってよ」

「秋田屋も、酷《ひで》えことをしやがるな。大店の主が、聞いて呆《あき》れるぜ」

「まったくだ。これで、秋田屋もしめえだな」

野次馬たちの話に、鶴姫も亀治郎も金吾も銀三郎も、そしてお梅の体が一瞬にして凍りついた。

二万両の工面どころではない。秋田屋は、とんでもない厄難に見舞われていた。ちょうどそこに、鶴姫たちは出くわしたのである。

「お波ちゃん……」

亀治郎が声をかけても、お波はその場で立ち尽くし、返事すらできないでいる。引き立てられた惣衛門はすでに仙台堀の辻《つじ》を曲がって、姿は見えなくなった。それと同時に、屯《たむろ》っていた野次馬たちの姿は店先から消えた。

「お波お嬢さん……」

店頭で呆然とするお波に、四十代半ばの奉公人から声がかかった。惣衛門が囁いた相手である。

「大番頭さん……」

はっと我に返ったお波が呟いた相手は、大番頭の清三《せいぞう》である。秋田屋に奉公したときは、木場の丸太乗りであった。商才があると見込み、惣衛門が現場から内仕事に移させ、二十年以上も秋田屋の屋台骨を支えてきた男である。

「いったい何が……？」

お波が問うも、清三の答はない。お波のうしろにいる町娘が二人と、羽織袴《はかま》姿《すがた》の侍が三人、そして狆が一匹。その取り合わせに、日焼けした四角い顔を歪め、不思議そうな目を向けている。

「大番頭さん、私が奉公するお屋敷の方々です」

「すると、大谷様の……？」

「わらわは、お鶴じゃ」

鶴姫が名乗った。町娘に姿を変え、お忍びとはいっても言葉遣いは隠せない。

自分の名に「お」までつけている。

「すると、お姫様で？」

「姫ではない、町人じゃ」

今は悠長に、問答をしている場合ではない。亀治郎が口を挟む。

「拙者、小坂亀治郎と申す。いったい何があったんだべな、大番頭さん」

「あったんだべなって……そうか、武州槻山のご家臣でしたな」

亀治郎の訛りを、清三は得心した。

「こっちが岡野金吾で、そっちが……なんだったべ？」

「内山銀三郎でござる」

「そうだ、金と銀……拙者らは鶴姫様を護る警固侍だ。分かったならば、何があったか聞かせてくれねえべか？」

「はい。とにかく、中に入っていただけますか」

惣衛門捕縛《ほばく》の噂が広まったらしく、近在の人たちが興味深げに店の中をのぞいて通る。

「おい捨吉、暖簾《のれん》を下ろして大戸を閉めなさい」

「へーい」

大番頭に命じられ、捨吉という十五にもなろうかという小僧が入れ替わるように外へと出た。

「おっ母さんは……？」

真っ先に母親であるお登世《とせ》のもとに向かおうと、気落ちした声音でお波が訊いた。

「ご自分の部屋で臥《ふ》せっております」

さもあろう、こんなときに気丈な者などいない。

「お波ちゃん、しっかりしてたもれ」

鶴姫の励ましに、お波は小さくうなずきを見せた。

七

この年――天保六年、二月は春先のことである。

仙台堀は大川の吐き出し近く、今川町《いまがわちょう》の小料理屋から出火した火事は、近在の佐賀町《さがちょう》の一部、中川町《なかがわちょう》、富田町《とみたちょう》、西永代町《にしえいたいちょう》、堀川町《ほりかわちょう》を焼き尽くした。それ以上に燃え広がらなかったのは、東西南北が新堀の運河で囲まれた島状の地域であったからだ。それと、春先とはいえ風の弱い夜であったことが幸いして、江戸の火事としては比較的、小規模のもので治まった。それでも、六町に亘《わた》る火事は、二人の焼死者を出し、五百人以上を罹災《りさい》させ、およそ二百軒の町家を燃やしたのだから大火ともいえる。

延焼を防ぐために、町火消しによって壊された家も相当にあった。その復興は早く、八月《やつき》も経った今では罹災した人々の生活はほとんど元に戻っている。火事の多い、江戸の町ならではの復旧の速さであった。

出火の原因は、小料理屋の火の不始末とされていた。その後、火元となった小料理屋の女将《おかみ》は、未だ行方知れずである。

それが、今になって放火の疑いが持ち出されてきた。その下手人として、秋田屋惣衛門が捕らえられたのである。

客間で、清三の話を鶴姫と亀治郎たちは神妙に聞いている。

お波とお梅は、床に臥せるお登世のもとに行っていて、この場にはいない。

「焼けた家と壊した建物を新築するための木材は、すべて当秋田屋が納めたものです」

清三の語りがつづく。

「今川町の火事のことは、もう調べも済んだと思っておりました。だが、それがそうではなかった。つい先ほど……ええ、みなさんがお越しになる四半刻ほど前、本所方役人と捕り方たちがなんの前触れもなく乗り込んできて『今川町の火事は、秋田屋の仕業だな?』とおっしゃるではございませんか。もちろん、そんなことはございません……」

寝耳に水の話と惣衛門は無実を主張したが、役人たちは耳を傾けようともしない。

「――新たな証《あかし》が見つかった」

と、本所方役人は威厳を込めて言った。

「新たな証とはなんでございましょう。手前どもにはまったく覚えのないこと。それをお見せいただけないでしょうか?」

毅然とした態度で、惣衛門は役人と対峙《たいじ》した。

「それは、ここで見せられるものではない。だが、確かな証である。よって、秋田屋主《あるじ》惣衛門を捕らえ、茅場町《かやばちょう》の大番屋で吟味いたすことにする」

「そんな、ご無体な」

「申し開きがあるなら、御番所でいたせ」

惣衛門が捕らえられた経緯《いきさつ》を、大番頭の清三が重々しく語った。

「そんなやり取りがございましたところに、お嬢さんがお帰りになられました。たった一日でも旦那様とお会いなされて……ようございました」

清三の言葉は洟《はな》が詰まってくぐもり、目には涙さえも浮かべている。滴《したた》り落ちようとしている涙を、清三は袖で拭《ぬぐ》った。

「大変なんじゃのう。これを、使え」

鶴姫は、懐《ふところ》にある手巾を取り出すと、清三に渡した。

「ありがとうございます」

清三は、鶴姫から手巾を受け取ると鼻にあて、チーンと音を立てひとかみした。

「証って、なんじゃえ？」

与与丸を膝に乗せて、鶴姫が問うた。

「大番頭さんにも、捕らえられた理由は分からないので?」

鶴姫の問いに、銀三郎が重ねた。

――そういえば、剣の腕はたいしたことはないが、頭が切れると聞いてたな。

亀治郎は、小さくうなずきを見せた。血気盛んな金吾は、こういう場では出番にあらずと、黙って前を見据《みす》えて話を聞いている。

「いったいなぜ、お波のお父上は捕まったのであろうかの。亀治郎でも分からんかえ?」

「今聞いたばかりだから、拙者だってなんだか分からねえべよ。お鶴ちゃんに、何か思うところがあるんか?」

「亀治郎が分からんのに、わらわが分かるわけねえべ……あら、訛りが出てしもうたのう、与与」

なんなんだこのやり取りはと、清三が怪訝《けげん》な顔で見やっている。

「本当に、お姫様なので?」

「仕方ないのう。姫であることが、ばれてしまっておるぞ」

「最初から、ばれてるべ」

この一行を相手にしても埒《らち》は明かないと、清三の腰が浮いた。

「でしたら、手前はこれで。店の者たちと、これからのことを話し合わなければなりませんので」

秋田屋には大番頭の清三のほかに番頭が一人、そして手代が八人と見習いの小僧が三人ほどいる。これは、店の中にいて客との商談や勘定事務の奥向きをする奉公人たちである。そして、外の木場には材木を扱う木遣《きや》り職人や、運搬などの人足たちを多人数抱えている。


主人の惣衛門が火付けの廉《かど》で捕らえられたとあっては、店の崩壊まで追い詰められるのは必至だ。これから大番頭を筆頭に、奉公人は全身全霊で苦難に立ち向かっていかなくてはならない。だが、役人たちが去ったあと、店の中で呆然と突っ立つ奉公人たちの様子は、どうしようもなく頼りないと亀治郎には思えた。それは、鶴姫も同感だった。


「ちょいと待たれよ、大番頭さん」

鶴姫が手を翳して、清三を引き止めた。その面相は、やる気満々である。

「……どうやらお鶴ちゃん、乗り気のようだな」

亀治郎が、誰にも聞こえぬほどの小声で呟いた。

「わらわが、なんとかいたしましょうぞ」

後先を考えず、またまた大口を叩く。

「えっ！　今なんと……？」

それに驚いたのは、うしろに控える金吾と銀三郎であった。顔を下に向け「ふふ」と、含み笑いを漏らすのは亀治郎である。

お波の父親の惣衛門が、そんな大それたことをしでかすとは思えない。しかし、無実の罪を覆《くつがえ》す根拠は何もない。しかも、なぜ捕らえられたか理由すらはっきりしていないのだ。

「お姫様がなんとかいたすと申されましても、旦那様は……」

清三の悲観的なもの言いを遮《さえぎ》るように、客間の障子戸が開いた。

「そんな弱気でどうするのさ、大番頭さん」

声高に発しながら、お波が入ってきた。

お波には、十四歳になる弟がいる。惣衛門とお登世は一女一男をもうけ、弟の慎太郎《しんたろう》が秋田屋の四代目を継ぐ予定であった。だが、その慎太郎はまだ一人前にはほど遠い。遊びのほうが盛んで、家の手伝いなどしたこともない弟であった。

「おお、お波……」

鶴姫が、目の前に座ったお波を見つめて言う。

「お波のお父上を、お救いしなくてはなりません」

毅然とした口調であった。

「お鶴ちゃんのいうとおりだんべ。金も銀も一緒に旦那さんを救い出してくれるべな?」

「言われなくとも……」

「当然でございます」

金吾と銀三郎の亀治郎に対する口の利き方が違ってきている。

「よし。だったら、さっそくかかるべ……と言っても、どっから手を出したらよかんべかな?」

腕を組み、亀治郎がはたと考え出した。

「わらわは、行くえ」

「どこへ行こうってんだ、お鶴ちゃんは？」

腰を浮かす鶴姫に、亀治郎が訊いた。

「お波のお父上がいるところ」

「お鶴ちゃんには、そこがどこだか分かってんのか？」

「大番屋さんでしょ」

どこかの商店と間違えているのではないかと不安になるが、笑うに笑えない。

「……まずは、そこから当たるしかねえべか」

独り言のように、亀治郎が呟く。さて、茅場町の大番屋に行って何をするかまでは念頭にない。

「それにしても、ご主人が捕らえられた証ってなんでしょうね？　大番頭さんは、ご存じないとおっしゃいましたが、ようく考えてもらえませんか」

銀三郎の問いに、全員の視線が清三に向いた。

「そういえば……いや、違うか」

清三の首が、小さく横に振られた。

「なんでも、気づいたことがあったら話してたもれ。わらわたちも、大変なのじや」

「何が大変でございますので？」

逆に、清三の問いが鶴姫に向いた。それには、亀治郎が答える。

「いや、なんでもねえ」

今、この場で金の話を切り出しては不謹慎だ。

首を傾げながら、清三は語り出す。

「これが心当たりと言えるかどうか……」

それでも戸惑いを見せる清三に、亀治郎が言葉を強くして促す。

「なんでもいいからと、お鶴ちゃんも言ったべな」

「でしたら……つい先だってのこと、門前町の鰻屋《うなぎや》で職人たちと昼飯を食べていたら、隣の席から話し声が聞こえたのですな。よそ様の話を聞いてはならぬと思ったのですが、そこに秋田屋という言葉が出たんでつい聞き耳を立ててしまいました」

「なんと言ってたんだ？」

言葉の尻を上げて、亀治郎が訊いた。

「たしかこんなことを。『――秋田屋の身代は、ありゃ焼け太りってやつだ。今川町の火事は……』と言ったところで、こっちに気づいたのか話はそれまでで。手前は無性に腹が立ちましたが、そこで喧嘩《けんか》してても仕方ないと我慢しました」

「誰じゃ、太るなんて言ったのは？」

最近太り気味を気にしている鶴姫が、憤る声音を発した。

「それが、商売敵《がたき》である大和町《やまとちょう》の材木問屋吉野屋《よしのや》の奉公人たちでして」

「……商売敵か？」

何か思い当たったか、亀治郎が首を傾げたところで店のほうが騒がしい。

「――家屋敷、家財没収……」

と、聞こえてくる。

第二章　鶴姫、牢屋に入る

一

「家財没収って、なんだえ？」

聞き慣れない言葉に、鶴姫の問いが亀治郎に向いた。

「この家の物が、みんな持ってかれちまうってことだ。あの、床の間に飾ってある高そうな掛け軸……いや、それどころでねえ。二万両、いや一万両も手に入らなくなるべな」

「それは、困ったのう」

「困ったどころではねえべよ、お鶴ちゃん。すぐに行って止めねえと」

亀治郎が、大刀を握って立ち上がった。部屋にいた全員が、廊下を伝って店へと向かう。

「二万両って、なんです？」

広い屋敷の長い廊下を歩きながら、清三が亀治郎に問うた。

「いや、その話はあとだんべ。今は、没収を止めねえと」

「左様ですな。お姫様、なんとかしてもらえませんでしょうか？」

清三は、藁《わら》をもつかむ気持ちであった。

「わらわに、おまかせなされ」

事態の深刻さも分からぬまま、鶴姫が大口を叩いた。

「お鶴ちゃん、そんな簡単にはいかねえべ。今度はちょっと、手強《てごえ》えよ」

母屋《おもや》と店を仕切る引き戸を開けると、そこは十坪ほどの帳場である。客との商談や、売り上げや仕入れの勘定をする場所で、十人ほどが働いている。

一尺ほど下がった土間に、陣笠《じんがさ》を被《かぶ》り陣羽織姿の侍が、二人の同心らしき配下を従えて立っている。外には、小者役人が寄棒をもって三人ほど控えているのが見えた。

「何があったんだ？」

大番頭の清三が、手近にいる手代に訊いた。

「お役人が、財産没収と……」

「それは聞こえた。なので、駆けつけてきたのだが、いったい……」

「そのほうが、番頭か？」

大番頭と手代のやり取りを遮《さえぎ》り、陣笠侍の声がかかった。

「はい、手前が大番頭の清三と申します」

「そのうしろにいる者たちは？　武士も交じっておるな」

「はい。手前どものお客様で」

「拙者《せっしゃ》が申すことを、客人に聞かれてもよいのか？」

すると清三が、亀治郎の顔をうかがった。亀治郎が、小さくうなずく。

「はい。かまいません」

「ならば申す。拙者、南町奉行所本所方与力皆川源之進《みながわげんのしん》である。秋田屋惣衛門を火付け主犯の廉《かど》で捕縛《ほばく》した。よって、秋田屋の持つ家屋敷、家財を没収する。これから家内を吟味いたすので、上がらせてもらうぞ」

本所方は、本所深川を見廻り、治安の維持や諸般の雑ごとを管轄する町奉行所の出先機関である。

雪駄《せった》を脱ぎ、役人たちが板間に足をかけたところを、鶴姫が両手を広げて阻止した。

「上がってはならぬ」

「なんだ、この小娘は？」

板間に片足を乗せたまま、皆川が問うた。

「邪魔立てすると、ひっ捕らえるぞ。娘とて、容赦はせんからの」

「駄目じゃ、上がるのはわらわが許さん」

「わらわって、町人の娘ではないのか？」

「さようじゃ。わらわの爺《じっ》ちゃんは……」

鶴姫は、のっけから伝家の宝刀を抜こうとした。

「よせ、お鶴ちゃん」

亀治郎が慌《あわ》てて止める。

「なんでじゃ、亀治郎？」

「理由《わけ》はあとで話すべ。だから、ここは拙者にまかせな」

鶴姫と亀治郎の立ち位置が入れ替わる。

亀治郎が一段高い板間から、見下ろすように与力皆川と対峙《たいじ》する。

「主《あるじ》の惣衛門さんが本当に火をつけたのなら、財産没収はしょうがねえ。けど、それにしても早いんじゃねえべか？」

「早いんじゃねえべか……どこの言葉だそれは？」

「どこだっていいべさ。そんな、つまらねえこと訊いてる場合じゃねえだろ。たった今、捕らえられたばかりだってのに、沙汰が下るのがいささか早《はえ》えって言ってるんだべさ」

武州訛りの啖呵《たんか》では、相手に響かない。皆川のうしろに立つ同心が、くすくすと笑いを漏らしている。

「なんだ貴様ら、何を笑ってやがる？　こっちは真剣だってのによ」

下役たちに向けて、怒鳴り声を発したのは岡野金吾であった。

「まあ金吾、ここは怒ったら駄目だべ。拙者にまかせとけ」

亀治郎が制して、金吾は一歩下がった。

「すると旦那さんは、もう白状したってのか？」

皆川への亀治郎の問いに、首を傾げたのは大番頭の清三であった。

「……そういえば、茅場町の大番屋に行くのには、ここからだと半刻《はんとき》はかかる」

清三の呟《つぶや》きが、亀治郎の耳に入った。

「茅場町ってところまで、どれほどあるんだ？」

亀治郎が、清三に問うた。

「そうですな、半里五町はありますな」

惣衛門が捕らえられてから、まだ半刻も経っていない。尋問すらもはじまってないはずと、亀治郎は頭の中で算盤を弾いた。

「普通に歩いても、今ごろ着いたかどうかだんべよ。調べもはじまってねえのに、もう財産没収の沙汰が下るってのはおかしいんじゃねえべか」

「なるほどのう。わらわにだって分かるぞえ、そんなこと……うん」

うなずきながら、鶴姫が同調する。

「そうだそうだ」

背後から、奉公人たちの声がかかった。

「いや、惣衛門は今、本所方の鞘番屋《さやばんや》にいる。まだ、茅場町には行っていない」

「なんだって？　誰が、茅場町の大番屋って言ったんだ」

首を傾げながら、亀治郎が清三に問うた。

「たしかに、手前はお役人からそう聞きましたが。なあ、みんなも聞いていただろ？」

「はい、そのとおりでございます」

清三が奉公人たちに問うと、一同のそろったうなずきが返った。

「さやばんやって、なんぞや？」

鶴姫には、分からないことはなんでも訊く癖がある。それには与力の皆川が答える。

「鞘番屋ってのはな、深川にある大番屋のことだ。ただ、そこではいっときの留め置きで、本格的な調べは……」

ここで皆川の口が止まった。うしろにいる下役が背中をつっついたからだ。

「とにもかくにも、惣衛門の疑いは間違いない。よって、財を全て……」

「そりゃ、やっぱりおかしいべよ」

すかさず亀治郎が遮った。

「本格的な調べはまだなんだべ。だったら、財産没収の沙汰が下るのもそれからだべよ。そうか、おめえらは本所方役人を騙《かた》った偽者だな。どさくさに紛《まぎ》れて、秋田屋の財産を奪おうってんだろ。火事場泥棒ってのは、おめえらみてえな奴のことを言うんだ」

「何を申すか。馬鹿を申すと、そなたもひっ捕らえるぞ」

「だったら、わらわも申す」

ここで、鶴姫もしゃしゃり出た。

「ええ、火事場泥棒はいかんぞえ。そんな者たちに、秋田屋の財産は渡さん。そんなに欲しければ、わらわを捕らえてたもれ」

言うが早いか、鶴姫は足袋《たび》のまま土間に飛び降りると立てかけてある箒《ほうき》を手にした。そして、薙刀《なぎなた》のように構えると、竹の柄《え》でもって皆川の頭を、陣笠の上からポカリと叩いた。

「何をする、小娘！」

「悔しかったら、わらわを捕らえてみよ」

これには、その場に居る誰しもが啞然とする。

「こっ、この馬鹿娘を捕らえよ」

怒り心頭に発した皆川が、配下に命じた。

「馬鹿娘だと？　このお鶴ちゃんを馬鹿呼ばわりしたんじゃ、拙者が許さねえべ」

亀治郎も、土間に飛び降りると鶴姫から受け取った箒の柄で、皆川の頭をポカリと叩いた。

「さあ、拙者も鞘番屋に連れていけ」

亀治郎の挑発に、皆川の顔が真っ赤になった。

「よし、望みどおり二人とも捕らえてやる。おとなしくお縄につけ。こやつらを捕らえよ！」

皆川の命令に小者役人が二人入ってきた。そして、鶴姫に早縄を打とうとする。

「縄を打つんなら、拙者だけにしろ。お鶴ちゃんは娘だんべよ、縄で縛られてるところを他人《ひと》には見せられねえべ」

亀治郎の言い分は聞き入れられて、鶴姫に縄が打たれることはなかった。

「お波ちゃん、与与丸を頼みまする」

「お鶴ちゃん……与与丸のことは、分かったわ」

「金と銀も、あとは頼むべ」

早縄を打たれた亀治郎が、金吾と銀三郎に声をかけた。

「ええ。承知しました」

銀三郎はうなずき、金吾は顔を顰《しか》めている。

「何を承知したんだ、銀三郎は？」

「あとで、話す」

と、銀三郎が小声で答えた。

「早とちりをするな。拙者らは、秋田屋の財がどれほどあるか調べに来たのだ。財産没収とは言ったが、持ち出すとまでは言っておらん。沙汰が下りるのは、早くとも七日後となろう」

亀治郎は、しまったと悔やんだ。七日もあれば、何か別の手を打てると思ったからだ。だが、鶴姫の表情を見ると、小さく笑みを浮かべている。

「……どうも、お鶴ちゃんの考えていることは、おれにも分からねえ」

小さな呟きが、亀治郎の口から漏れた。

鞘番屋と呼ばれる、深川の大番屋は仙台堀沿いの冬木町《ふゆきちょう》にあった。そこまではおよそ十町。四半刻の、その半分ほどで着いた。

二

与力皆川と同心一人が残り、土地家屋の広さや、売り掛け帳簿などを調べている。

鶴姫と亀治郎がいなくなり、残された大谷家の面々はなす術《すべ》もなく呆然としてそれを見やるだけだ。

「奉行所でのお裁きが下ったら、土地家屋の権利書から帳簿全てを没収するので、それまでは大事に保管せよ」

と、大番頭の清三に、皆川が言い渡した。

与力たちが、引き上げたあとである。

お波と金吾と銀三郎、そしてお梅に与与丸が抱かれて一つ部屋にこもった。

「これからどうする、銀三郎？」

こういうときは、銀三郎が頼りになる。そんな思いがこもる、岡野金吾の口調であった。

「お二人を放免させるのが先だな。しかし、与力を箒の柄で叩いたんだから、罪は重いぞ」

「重いというと……？」

「少なくとも五日は番屋に押し留められ、百敲《ひゃくたた》きってところかな。伝《でん》馬町《まちょう》の牢屋敷までは行かないだろうが」

「……お鶴ちゃんが、百敲き」

「痛いでしょうねえ」

お波とお梅が、顔を皺《しわ》くちゃにさせて、苦悶《くもん》の表情となった。

「亀治郎さんは渋い面《つら》をしてたが、お鶴ちゃんは笑ってたな」

連れていかれる際の二人の表情を金吾はとらえていた。

「亀さんが、しまったって顔をしてたぞ。皆川を騙りだと思っていたが、違っているることに気づいたんだろう。だが、お鶴ちゃんの考えは、俺にも分からねえ」

いつの間にか、銀三郎は亀さんと呼んでいる。会った当初の亀治郎を見下した態度は、もう金と銀にはない。

「ここは、落ち着くことが肝要だな。さてと、俺たちはどうするかだ」

銀三郎が、腕を組んで考えはじめた。

そこに、与与丸が「ワン」と、一吠え発した。お梅の膝からおりて、部屋をくるくると回りはじめている。

「何か言いたいようだな、与与丸のやつ」

落ち着かない与与丸を見やりながら、銀三郎が言った。

「まさか、狆《ちん》が口を利くか。お鶴ちゃんがいなくなったんで、どうにかなっちまったんだろ」

金吾の捨て鉢なもの言いであった。

「いや、そうじゃなさそうだ」

しばらく与与丸の動きを見ていた銀三郎が、ふと口にする。

「そうか。与与丸は、こう言いたいのかもしれねえ。『オレも役に立ちたい』ってな」

「与与丸が、役に立てるのは……」

「お鶴ちゃんとのつなぎよ。与与丸ならば、鞘番屋の中を出たり入ったりできるのではないかな？」

　面会が、すぐに許されるわけはない。また、解き放しもされないであろう。そこで銀三郎に、与与丸をつなぎ役とする案が浮かんだ。

「頭いいわね、銀三郎様。そうか、さっきお鶴ちゃんが与与丸を頼むと言ったのは、その意味が含まれていたのね」

　お波の目に、一瞬光が宿った。

「見た目ほど馬鹿ではないぞ、この犬は」

　うなずきながら、金吾が言う。

「だったら、あたしとお梅ちゃんが与与丸を番屋の前まで連れていく」

　番屋の前で、組紐《くみひも》を解けば与与丸は鶴姫のところに行くに決まっている。そして、どうつなぎを取るかだ。

「与与丸の毛はフサフサだろ。手紙を小さく畳めば、隠すことができる」

　銀三郎が、思いつくまま口にした。

「だけど、お鶴ちゃんと亀治郎さんの返事はどうするのさ？」

お波の問いに、銀三郎の考えはまとまっていない。

「さて、どうしようか？」

腕を組み、銀三郎が考えに耽《ふけ》った。

こちらの思いは手紙に書いて渡すことができるが、逆に鶴姫と亀治郎の返事をどう手に入れるか。

「与与丸が口を利ければ……そういうわけにはいかないな」

お梅の膝の上に戻った与与丸を見ながら、銀三郎がブツブツ言っている。

「……ん？　そうか！」

「何か思いついたか、銀三郎？」

せっつく金吾に、銀三郎が大きくうなずいた。

「ああ、与与丸の腹を見てな。これなら手紙を渡し、返事を受け取ることもできる」

「どうやって？」

お波の問いに、銀三郎は懐《ふところ》から矢立《やたて》を取り出した。筆と墨が納められている、携帯の筆記道具である。

「こいつを紙に包んで、与与丸の腹に括《くく》りつけるんだ。そうすれば、雑紙《ぞうし》も一緒に渡すことができる」

さっそくとばかり、お波は店の帳場に行って雑紙を調達してきた。その紙で矢立を包むと、うまい具合に細長い筒状となった。紙は、多少黄ばみがかっているが、与与丸の腹に括りつけても違和感はない。ふさふさの長い毛に隠れるからだ。

「与与丸を見てお鶴ちゃんも元気が出るだろうし、これは一石二鳥、いや三鳥ってところだな」

言ったのは、金吾であった。

「付け足した、もう一鳥ってのはなんだ？」

「拙者たちも、俄然《がぜん》やる気が出たってことだ」

銀三郎の問いに、金吾は腕をめくって見せた。

冬木町の鞘番屋に、鶴姫と亀治郎は引き立てられた。

鞘番屋には、仮置きの牢屋がある。間口が狭く、鰻《うなぎ》の寝床のように奥に細長いところから鞘番屋という呼び名がついている。

ここで仮留めされて、軽い罪ならばすぐに放免される。だが、重犯となると、江戸市中の大番屋か奉行所に送られ本格的な吟味となる。

与力の頭を箒の柄でもって、ポカリと叩いた鶴姫と亀治郎の沙汰はどっちに転ぶか分からない。いずれにしても、一夜は固い床の上で過ごすことになりそうだ。

鞘番屋に着くと、見覚えのある同心が上がり框《がまち》に腰をかけて茶を飲んでいる。

「おっ、新入りか？　一人は娘じゃねえか」

秋田屋の店先で、惣衛門を捕らえて出てきた居丈高《いたけだか》の役人であった。鶴姫と亀治郎は憶えているが、同心は気づいていない。

「なんの咎《とが》だ？」

「皆川様の頭を、箒の柄で叩いたもので」

二人を連行してきた、若い同心が答える。

「すると、秋田屋でか？」

「左様で。ところで、秋田屋の主は白状したのでしょうか？」

「いや、まだだ。あした、茅場町の大番屋に送られる手はずだ。そこで本格的な吟味がはじまる。痛め吟味と言ってな、それは手酷《てひど》い取調べだぜ。あっという間に、吐いちまうだろ」

同心同士の話は、鶴姫と亀治郎にも聞こえている。

「この二人は、どうなるんですかね？」

「与力の皆川様が、沙汰を下すだろうよ。おそらく百敲きか江戸ところ払いだ。それまで、牢の中に入れときゃいい」

百敲きと聞いて、鶴姫と亀治郎の顔が歪《ゆが》みをもった。

「痛いのじゃろうのう？」

「ああ、半端じゃねえべ」

亀治郎が、口をへの字にして答えた。

牢屋は格子柱に遮られ男女に分かれている。

男牢には惣衛門を含めて四人の先客が、女牢には掏摸《すり》を働いて捕まった、三十歳前後の女が一人入っている。

「あら、かわいい娘さんだね。なんでこんなところに入れられたんだい？」

牢屋の格子扉が開き鶴姫が入牢すると、先客の女が体に触れるほどまで近づいてきて言った。

「与力の頭を、箒の柄でもってポカリと叩いたのじゃ」

「おや、ずいぶんと大胆なことをしたんだねえ」

亀治郎の姿が、仕切り格子の向こうに見える。話は充分できるが、ほかの囚《とら》われ人の耳が気になる。

男牢との仕切り際に、鶴姫は陣取りたかった。

「わらわは、あそこにいてもよいか？」

「おや、お武家のお嬢様のような口の利き方をするじゃないか。まあ、好きなようにおし」

そう言うと先客の女は鶴姫から離れ、背中を向けた。その背中に向けて、鶴姫が話しかける。

「わらわは鶴と申すが、そなたは……？」

鶴姫から名乗り、女に問うた。

「はっ、はい。鹿《しか》といいます」

どういうわけか、にわかに女は殊勝な物腰となった。声も震えが帯びている。

「お鹿さんかえ。ならば一つ、手を貸しておくれ」

「手を貸してって、何をすればよいのでございましょう？」

「そんなのは、簡単じゃ。ただ、黙っていてくれればよいことじゃ。できるかえ？」

「ええ。お姫様のためでしたら」

「わらわがお姫様だと、よく分かったのう」

「ええ。身形《みなり》は変えられても、言葉と滲《にじ》み出る品格は町娘ではございません。ここに来たのも何か事情《わけ》があってのことでしょう。あたしは、お姫様の味方になります」

「お鹿さんとやら、恩に着るぞえ」

言って鶴姫は、お鹿と離れて男牢に近づいた。

三

一方、男牢では亀治郎が秋田屋惣衛門に近づいていた。

「惣衛門さんだべ?」

「そうだが、あんたさんは?」

「お波ちゃんが奉公する、大谷家の者《もん》だ。拙者は小坂亀治郎っていう」

「えっ!」

「驚くのはいいけど、大きい声を立てねえでくれ。隣の女牢に、お波ちゃんが世話をする鶴姫様が入っている」

「なんですって!」

小声でも、顔は驚愕である。

「お鶴ちゃん……いや、鶴姫様が旦那さんに頼みがあると。そんなんで、お波ちゃんに連れてきてもらった。拙者たちは、警固ってことでな。そしたらちょうど旦那さんが役人に捕らえられていくところを見ちまったべ。驚いたの、驚かねえのったらなかったべさ」

亀治郎の武州弁でのひそひそ話でも、惣衛門は眉毛一つ動かすことなく真剣な眼差しである。

「火付けの罪なんだってな」

「手前は何も知らんし、そんなことはしていない」

「そりゃ分かってるから、お鶴ちゃんと拙者がここに来たんだべよ」

「お鶴ちゃんて……それは置くとして、なぜに？」

「旦那さんをどうしたら助けられっかと思ってな。直《じか》に話を聞きに来たってわけだ」

「こんなところに、わざわざ……」

「ああ。与力の頭をぶっぱたいてやった。百敲きになるかもしれんけど」

「鶴姫様も……ですか？」

「与力に先に手を出したのは、お鶴ちゃんだ」

「与力様を叩いたって……」

惣衛門の驚きは、尋常でない。額の皺が、さらに増して刻まれている。

「土地家屋、財産没収だなんて言ってた。旦那さんが、本当に火付けをしてたらの話だけどな」

「わしは、まったく知らん。これは、誰かの罠《わな》だ！」

惣衛門の言い切る声が大きく、人相の悪い男たちの顔が向いた。

「もう少し、小せえ声で話すべ」

しかし、小さな声は周りに余計な神経を使わせるものだ。

「おい、静かにできねえか」

顔中髭《ひげ》だらけの、いかにも悪党といった男が睨《にら》みを利かせてきた。袖《そで》がめくれた二の腕に、彫り物の一端が見える。

この男をなんとかしないと、惣衛門と話ができない。

「……どうするべえか？」

亀治郎は、腕を組んで考えた。

牢屋の中で、腕ずくで押さえ込むわけにはいかない。つるという差し入れを渡せば、こういう男はなびいてくると聞いたことがある。しかし、囚われの身では一文も持っていない。となると、拝み倒すしかない。

「お兄《あに》いさんよ……」

「なんでえ、何か文句があるんか？」

「いや、そうじゃねえ。このお方はな、すげえ金持ちでな、無実の罪で……」

「おい、ちょっと待て。旦那さん、どっかで見たことがあるな」

髭面《ひげづら》の男が、惣衛門を注視している。

「すげえ金持ちで思い出したぜ。あなた、もしかしたら秋田屋のご主人じゃねえですかい？」

牢屋の中で身元がばれては、これ以上ばつのわるいことはない。惣衛門の顔が、にわかに不機嫌そうに歪んだ。

「さっきから似てると思ってたけど、やっぱりそうでしたかい」

悪漢に身元を知られたとあっては、何をいちゃもんつけられるか分からない。だが、髭面の次の一言で、ガラリと空気が変わる。

「旦那様、お久しぶりで」

男の惣衛門に対する言葉も態度もガラリと変わった。

「えっ？」

不機嫌そうにそっぽを向いていた惣衛門が、男の顔を凝視する。

「政吉《まさきち》ですぜ……憶えてやせんか、三年前《めえ》……」

「三年前って……政吉。あっ、あんたあの政吉さんかい。黒江町《くろえちょう》の富岡橋《とみおかばし》の近くに住んでた……」

「へえ、政吉です」

「顔中髭ぼうぼうで、気づかなんだ」

懐かしい再会に、自然と声音《こわね》も大きくなる。

「おい、さっきからうるせえな。静かにしろい！」

先客のやくざ風の男から声がかかった。もう一人は、何をしでかしたか知らないが、悪事には縁のなさそうな貧相な男である。先ほどから、片隅で小さくなっている。

「うるせえのは、てめえのほうだ。黙ってろい！」

政吉の怒号が、牢屋に轟《とどろ》いた。

「大きい声じゃのう」

女牢で、鶴姫が耳を塞《ふさ》いでいる。

体格では政吉に敵《かな》わないと思ったか、やくざ風の男が押し黙った。これで、誰にはばかることなく話ができる。

「こんな汚ねえところで会うとは、奇遇ですね」

「ああ、政吉さんには見られたくなかったな、こんな姿」

「あっしだって、同じですよ。こんなだらしねえ姿を見られちゃ……みっともねえったらありゃしねえ」

惣衛門と政吉とのやり取りを、亀治郎は黙って聞いている。

「あのときと、ずいぶんと政吉さんも変わったようだね」

「ええ。あんなに旦那様には世話になったのに、こんなざまでは合わす顔はねえ」

「そんなことは気にするのではない、お互い様だ。ところで、ご新造さんと娘のお福《ふく》ちゃんは達者かい？」

「…………」

惣衛門の問いに、政吉はがっかりとうな垂れている。

「二人の身に、何かあったのかね?」

「ええ。かかあとお福はもう、この世にはいねえんで」

「なんだって! いったい何があったというんだ?」

惣衛門が、驚きと問いを同時に発した。

「この年の春先、今川町から火事が出たってのを知ってますかい?」

政吉の話に、惣衛門と亀治郎は思わず顔を見合わせた。それに気づくことなく、政吉は話をつづける。

「そんときあっしの家は、中川町《なかがわちょう》の田中橋の近くにありやしてね。火元から近いせいもありやして、逃げ遅れてしまったんでさあ。ええ、女房のお光《みつ》も一緒に。あっしはそのとき門前町《もんぜんちょう》で酒を呑んでて、助けてやることはできなかった。それが悔しくて悔しくて……それからというもの、何もする気は起こりやせん。気づいたときは、こんなありさまになっちまいやした」

今川町の火事での犠牲者二人は、この政吉の女房と娘であった。

「あんたほどの腕のいい木挽《こび》き職人が……」

惣衛門が、言葉静かに言った。木場の職人ならば、鯔背《いなせ》が売り物と、背中に彫り物を背負っている者は珍しくない。

三年前のことを、政吉が思い出して語る。

「ずっと以前、村松屋《むらまつや》を首になり、路頭に迷っていたのを旦那さんの口利きと、いくらかの金を融通してもらったおかげで、新たな奉公先も見つかり、あっしら親子は首を括らなくてすみやした」

「わしはただ、腕のいい職人を見捨てたくはなかっただけだ。秋田屋《うち》で雇いたかったが、木曾屋《きそや》の旦那がぜひとも政吉が欲しいと言ったのでな、政吉さんを譲ってあげた。それと、木曾屋さんのほうが、通うに近いんでな。お福ちゃんも幼かったし、通いに便利なほうがいいと思ってな」

「旦那様にそんな心遣いまであったなんて、あっしは今まで知りやせんでした」

政吉の奉公先であった、材木商木曾屋もそのときの火事で丸焼けになっている。

話を聞いていた亀治郎は、惣衛門が火付けをするわけは絶対にないと、確信をさらに強めた。

「ところで、旦那様はなんでこんなところに？」

政吉の問いに、惣衛門はためらいを見せた。

「旦那さん、ここははっきりと言ったほうがいいべ」

亀治郎が言葉を挟んだ。

「あんたは、誰で？　他人《ひと》の話に口を挟まねえでくれねえか」

腰に刀は帯びてないが、羽織と袴《はかま》で侍であることは知れるものの、武州訛りと貧相な顔は町人からも見下《みくだ》される。

「いや、このお方はわしの知り合いだ」

惣衛門は、初めて会ったばかりの亀治郎を知人として紹介した。

「政吉さん、実はな……」

惣衛門が、ためらいがちに捕らえられた経緯を語る。それは亀治郎も聞きたかったことだ。

「春先の火事は、わしが火を付けたというのだ」

「なんだって！」

驚く声が牢屋に轟く。そして政吉の面相が、にわかに邪険なものに変わった。

睨《にら》む目に、疑いの気持ちが宿る。

「寝耳に水の話だ。だが、役人はわしを下手人だと思い込んでいる」

惣衛門の言葉を、政吉は疑いの目ではね返した。

「ああ、旦那さんはそんなことやってねえべよ」

そう言う亀治郎に、

「あんたは、黙っててくれ」

と、政吉は手で遮った。惣衛門を凝視している。

「あれは、女将《おかみ》の不始末ではなかったので？」

眉間に険《けん》を宿して、政吉が問うた。

「当初は御番所もそう取っていたが、ここにきて放火と覆《くつがえ》ったようだ。そして、火を放ったのがわしだとな。政吉さんは信じてくれるかどうか分からんが、わしは絶対にやっていない」

きっぱりと、惣衛門は否定する。しかし、政吉は首を振った。

「誰だって、自分じゃやってねえって言いやすぜ」

女房と娘の命を奪った火事である。そう簡単には疑いを晴らすことはできないと、政吉の目つきはさらに険しくなった。

「だったら、なんでこんなとこに連れてこられたい？　火のねえところに、煙なんぞ立つわけねえぜ」

「怨《うら》み骨髄の政吉さんに、今は何も言ってても聞いてもらえんだろうが、これだけは言っておく。天地神明に誓って、わしではない」

政吉をぐっと見つめる目力に偽りは感じられない。だが、政吉にそれが通じているかどうか——亀治郎は腕を組んで顔を伏せた。

「なんで捕まったのか、まだわしには分からん。もっとも、分かったらすぐにご赦免《しゃめん》になるだろうよ」

そのときであった。

「秋田屋惣衛門、出ませい」

小者役人の声がして、牢屋の出入り口が開いた。

「ご赦免だべか？」

亀治郎が口にするも、それはすぐに違うと分かる。

「本所方与力様の吟味がある。出ませい」

与力の皆川が戻ってきての取調べである。惣衛門は立ち上がると、足元にふらつきを見せた。

「だいじょうぶか?」

手を添えようとする亀治郎の気遣いに、惣衛門はうなずいて返す。

「固い板間に足が痺《しび》れただけで、だいじょうぶだ。なんで捕まったのか、訊いてくる」

やり手の商人《あきんど》の顔がそこにあった。気丈な惣衛門に、亀治郎も小さくうなずきを返した。

四

「なんであの旦那が……人なんて分からねえもんだ」

政吉が、ぶつぶつと独り言を発している。

「……今は何を言っても通じねえな」

呟きを漏らすと亀治郎は政吉から離れ、女牢に近づいた。格子柱を挟んで、鶴姫とのやり取りがはじまる。

「大きな声がして、驚いたのう」

「惣衛門さんの、知り合いがいたんだ。あの、髭面がそうだ」

亀治郎が、惣衛門と政吉の関わりを鶴姫に聞かせた。

「それでは、驚くのも無理はないの」

鶴姫の冷静な物腰に、亀治郎の顔に小さく驚きの表情が浮かんだ。

顔にあどけなさは残るが、やることと言ってることが大胆になっている。与力の頭を箒の柄で叩くなんてことは、以前ではあり得ないことであった。それと、こんな牢屋に入れられても、動じる気配もない。百敲きには、少し怯《おび》えたようだが。

――牢屋なんてところには、生まれて初めて入れられたんだろうにな。拙者もだけど。

鶴姫の落ち着き方に、亀治郎は驚きを感じていた。

「今、惣衛門さんが与力に呼ばれた。これから、吟味だとよ」

「どうして捕まったのか訊いたかえ？」

「いや、分からねえって。なんで火付けに間違えられたのか、これから与力に訊いてくるって言ってた。それと、あの政吉って男だけど、惣衛門さんを疑ってかかってるべ。恩人だっていうのによ」

「そうだ、あの者と話がしたいの」

「お鶴ちゃんがか？」

「わらわじゃなくて、ほかに誰がいるのじゃ。あのお鹿さんが話したかて、しょうがねえだんべ」

鶴姫の武州弁に、亀治郎がクスリと笑いを漏らした。

「お鶴ちゃんも、とうとう拙者の訛りがうつっちまったな」

「わらわも、こっちの言葉のほうが楽しいべ」

最悪の状況下で、鶴姫の屈託のない笑いが返った。

「ちょっと待ってな、政吉さんを連れてくっから」

亀治郎が離れ、すぐに政吉を連れて戻ってきた。

まだ十六歳と、あどけなさが残る鶴姫を見て政吉が驚いた顔をしている。

「わらわたちは、惣衛門さんの無実を信じてここに来たのじゃ。だから、政吉さんとやらも、惣衛門さんを信じてあげておくれ」

鶴姫の言葉に、亀治郎は目を瞠《みは》った。ここまで気の利いたことを言うとは思わなかったからだ。

「お嬢は誰なんで？」

「わらわか？　とっても偉い人の娘じゃ」

自分で偉い人の娘だとは、なかなか言えないものだ。鶴姫が言うと、それが嫌味に感じないから、他人《ひと》がついてくる。

「そんなに、偉いのか？」

「ああ、とんでもねえところのお姫様だ。だが、拙者はお鶴ちゃんと呼んでるべ」

「ところで、亀治郎さんのその言葉は……いったい、どこのお人なんで？」

「江戸から七里も離れてねえ、荒川の向こうの武州に槻山藩てのがある。拙者はそこの家臣だ」

「するとお鶴ちゃん……いや、鶴姫様はそこの……？」

「馬鹿殿……いや、若殿の嫁だ。だけんど、実家はもっとすげえんだぞ」

「それほどのお姫様がなんで？」

「だから、言ったべさ。秋田屋の旦那さんを救いに来たと」

格子柱が遮っているので、鶴姫には話し声が少し遠くなっている。

「何を二人で、こそこそ話しているのだえ？　わらわも交ぜておくれ」

鶴姫が、男牢をのぞきながら声をかけた。

「わらわも交ぜておくれって、変わったお姫様だな」

「そこがいいところなんだべさ。なんの物怖じもねえ。ところで、政吉さんは、本当に惣衛門さんが火を付けたと思ってるのか？」

「役人がそう言うんじゃ、そうなんだろう。だけど……」

「だけど、なんだべ？」

「だけどあんたら……いや、お二人を見てたら、分からなくなってきた」

「拙者らばかりでねえべ。惣衛門さんを見てれば、やったかやってねえかの判断はつくべえよ。簡単な、道理だ」

「そうだな」

政吉の気持ちは、惣衛門無罪に傾いた。

「お鶴ちゃん、どうやら政吉さんは惣衛門さんへの疑いを晴らしてくれたようだ。

あとは惣衛門さんから話を聞いて、どうやってここを抜け出すかだな」

「そんなのは、簡単じゃ。わらわに、まかせなされ」

言って鶴姫は、懐に手を入れた。『これが目に入らぬか！』と、三つ葉葵《あおい》の御紋が入ったお守りを見せて、啖呵《たんか》を放つつもりであった。

「あら、ない……どこへやったやら？」

胸から腹にかけ、ポンポンと手で叩いている。

「何を探してんだ？」

「お守りがないのじゃ……」

いつも、肌身離さず持っていたお守りがない。どこに落としたのか、まったく覚えもない。

「お屋敷に、置いてきたんじゃねえべか」

「いや、たしかに着替えたとき懐にしまっておいたのじゃ」

「だったら、どこかに落としたんだべ」

「あれがないと、困るのう」

「お鶴ちゃん」

困惑する鶴姫に、亀治郎は落ち着いた声をかけた。

「なんだえ？」

「お守りに頼らねえ人生も必要だべ。ここは、お鶴ちゃん一流の知恵を働かせるところじゃねえのか？」

亀治郎の言葉に、鶴姫が大きくうなずく。

「それもそうじゃの。失くしてしまったのは、仕方ないの」

「そういうことだべさ」

すぐに気持ちを切り替えるところが偉い。そんな思いを宿した亀治郎のうなずきであった。

惣衛門が戻るまで、まだまだときがかかりそうだ。

「ところで、政吉さんよ。その春先にあった火事のことで、知ってることを教えてくれねえか？」

亀治郎は政吉に訊《たず》ねた。

「まだ二月の初めで、春とはいえど寒い日だった。昼間は吹いていた北風が、夜には治まったんだが……」

大番頭の清三の話とさして変わりはなかった。

「そのときは、原因は分からないが火付けではないとのことで一件落着したんでさ。あっしもかかあと娘の命を奪われたが、あきらめるより仕方ねえ。だけど今しがた、あれが誰かの仕業だったと知って、あっしの頭はどうにかなっちまいそうだった」

「さも、あろうのう。おかわいそうに」

鶴姫が、慰めの相槌を打った。

「もし、その火事が火付けの仕業だとしたら、何か心当たりが……いや、政吉さんに訊いても分からねえべな」

「ああ、まったく……でも、秋田屋の旦那様が疑われたのはなんとなく分かる気がする」

「えっ、何が分かるというのじゃ？」

ここが肝心なところとばかり、鶴姫は格子柱に顔をくっつけて訊いた。

「あの火事で大儲けしたのは、秋田屋さんと大工たちだ。焼け跡を建て替える材木は、みな秋田屋さんから調達したのだからな」

「それで、どうして惣衛門さんが疑われるのじゃ？　のう、亀治郎」

その道理が、鶴姫には分からない。そこが、世間を知らずに育ったお姫様の純真無垢《むく》なところであった。

「焼け太りってやつだんべ」

大番頭の清三から聞いた、材木問屋吉野屋の奉公人の話を、亀治郎は思い出していた。

「なんじゃ、焼け太りって？」

「火事で燃えると、家を建て直さなけりゃならねえべ。そうすっと、材木がたくさんいるべさ。そんでだな、それを材木問屋に注文する。注文されるとだな、材木を売らなきゃならねえべ。そうすっと商売なんで、儲けが出るべさ。そんでもって、材木問屋は大儲けしたと喜ぶってわけだ」

分かりやすく、亀治郎は説いた。

「となると、惣衛門さんは喜んだのかえ？」

「惣衛門さんは、人の不幸につけ込んで喜んだりはしねえ。そんなお人じゃねえべさ。だけんど、奉行所のほうはそうは思わねえ。火事で大儲けしたとなりゃ、そりゃ疑うべな。自分の儲けのために火を付けたと。だけど、なんで今ごろになって……それが分からねえ」

ここに、惣衛門が捕らえられた深い理由《わけ》があると、亀治郎は睨《にら》んでいる。

「政吉さんに心当たりがあるか？」

言葉の尻を上げて、亀治郎が政吉に問うた。

「いや、まったく分からねえ。秋田屋の旦那様が、そんな大それたことをするわけがねえし。ただ……」

政吉の言葉が途切れた。遠くを見つめ、何か考えている風にも取れる。

「ただって、何があったのじゃ？」

次の言葉を聞きたいと、鶴姫がせっついた。

「ただ、秋田屋さんは金が忙しかったたって、つい最近聞いたことがある」

「忙しいって、お金は自分で動けるものなのか？」

頓珍漢《とんちんかん》な鶴姫の問いに、政吉は戸惑っている。亀治郎は鶴姫に慣れているので、ひとつひとつ懇切に説く。

「お足っていうぐれえだが、金は自分じゃ動けねえ。それを動かす人間が忙しいってことだべ。てことは、秋田屋さんはそんなに金に困ってたってのか。その話、誰から聞いたんだ？」

亀治郎の顔は、鶴姫に向いたり政吉に向いたり忙しく動く。

「あれはたしか、吉野屋の奉公人たちだった」

「吉野屋……？」

ここでも、商売敵の吉野屋が出てきた。

「だとしたら、まずいべな」

そんな証言が、役人の耳に入ったら不利になる。

「何が、まずいのだえ？」

「惣衛門さんの疑いが、より濃くなるってことだべさ。となると、こいつは一筋縄では行きそうもねえな」

亀治郎は腕を組み、はたと考えはじめた。

そこに、人の足音が聞こえてきた。

「惣衛門さんが、戻ってきたようだな。お鶴ちゃん、話が聞けるべ」

だが、足音は番屋役人のものであった。

五

足音は男牢を通り越し、女牢に向かう。単なる見廻りであった。

「秋田屋の惣衛門さんは、どうしたのじゃぇ？」

番屋役人に、鶴姫が牢格子越しに訊いた。

「秋田屋惣衛門なら、今しがた江戸市中の大番屋に移された。そこで、本格的な吟味になる」

「なんだと。もうここには戻って来ぬのか？」

「ああ、そうだ。大番屋で吟味が済んだら南町奉行所に送られ、そこでお奉行様のお裁きがあって、そこから伝馬町の牢屋敷にいく晩か留め置かれ、数日後には市中引き回しの上で小塚原《こづかっぱら》か鈴ヶ森の、どっちかの刑場で火焙《ひあぶ》りの刑に処せられる……てところだな」

こと細かな番屋役人の語りに、鶴姫もさすがに唖然とする。

「もう、そうと決まったのか?」

「いや、多分そうなるだろうってことだ。あんな事件を起こしちゃしょうがあるめえ」

　番屋役人は、そう言って去っていった。

　鶴姫の気持ちに焦りが生じた。

「もうここにいても仕方ないの、亀治郎」

「ああ、そうだな」

　肝心の惣衛門がいなくなったのなら、一刻も早く鞘番屋を出て事の真相を突き止めなくてはならない。

「政吉さんも、一緒に出られねえかかな?」

「あっしもですかい?」

「ああ、そうだ。政吉さんだって、真の下手人を捜してえべよ。それと、惣衛門さんの無罪を晴らしたくねえか?」

「それは、あたりめえでさあ。あっしだって火付けの下手人をつき止め、殺してやりてえぐれえだ」

「だったら外に出て一緒に捜そうぞ、政吉とやら」

鶴姫にも、政吉の思いは伝わっていた。

政吉は深川の地に詳しい上に、木場に精通している。助《すけ》っ人《と》にはうってつけである。

「でも、どうやって外に出るんで？」

そこが問題だ。

「政吉さんは、なんで捕らえられたんだ？」

「たいしたことじゃねえんで。あっしのこの姿を見りゃ、分かりそうなもんだ」

「分からないのう」

首を傾げて、鶴姫は牢格子からのぞきこむ。

「腹が減ってるのに、一文無しときちゃ……」

「無銭飲食だべか？」

「ああ、そうだ。そこまで、落ちぶれちまったってわけよ。情けねえもんだ」

「だが、惣衛門さんはたいした職人だって言ってたべ。なんで、その腕を活《い》かさねえんだ？」

「かかあも娘もいなくなっちゃ、もう生きる張り合いなんてなくなる。木を挽く鋸《のこぎり》や、削る鉋《かんな》を持つ気にもならねえ」

「おばか……」

格子柱の向こうから、鶴姫の声が聞こえる。

「なんだって？」

「お馬鹿って言ったのだえ。そういう情けない男の人は、わらわは一番嫌いじゃ」

鶴姫が説教をする。亀治郎は、目を瞑《つむ》って聞いている。

「その次に嫌いなのは、母上に甘えて何もできないお人じゃ」

暗に、夫忠信のことを仄《ほの》めかしている。真顔で聞いていた亀治郎が、肩をがくりと落としてずっこけた。そこまで言うとは思わなかったからだ。

「なんだかお鶴……いや、鶴姫様の話を聞いてたらこれじゃいけねえと、あっしにも思えてきた」

「お鶴ちゃんと、呼んでたもれ」

「へえ。だったら、お鶴ちゃん。お光とお福の仇《かたき》も取りてえし、何よりも惣衛門さんの恩に報《むく》いなくてはならねえ」

政吉に俄然生きる望みが湧いてきたのか、目に輝きが宿った。

「ならば、一緒にお外に出ましょうぞ」

「それができたら、ありがてえ」

格子柱に顔をくっつけ、政吉が大きくうなずいた。

「よし、これで決まりだ。さてと、どうやってここを抜けだすべえか？」

まだ、脱出の術《すべ》までは考えてはいない。

「拙者らの罪のほうが、政吉さんより重いしな」

「なんで、わらわのほうが重いのじゃ？」

「拙者らは与力を叩いたんだからな。政吉さんのタダ食いとは、ちょっとばかり違うべ」

「さようか、困ったのう」

鶴姫が、ふーっと大きくため息をついたところであった。

「ワン」

と、一吠え聞こえて鶴姫の背筋が伸びた。

「与与か？」

薄暗い廊下を見ると、与与丸が地面を嗅ぎながら向かってくる。鶴姫に近づくと、駆け足になった。

牢格子の隙間《すきま》なら、与与丸は簡単に入り込める。

番屋役人は、与与丸の侵入には気づいていないか、見過ごしていたかのどちらかである。いずれにしても、銀三郎の案はうまく運んだ。

「よく来たのう……ん？　何かのう、これ」

嬉しさがほとばしり、与与丸が鶴姫の膝に飛び乗った。すると、腹に触るものがある。二か所を紐《ひも》で括って固定してある。

紐を解《ほど》くと、紙に巻かれた矢立が出てきた。巻いた紙は二枚あり、一枚に文字が書かれ、もう一枚は白紙である。

「与与丸に、つなぎを托したんだべ」

亀治郎が気づいて、男牢から声を通した。

「なんて書いてある？」

「お元気ですか、お鶴ちゃん……」

鶴姫が、書いてある通りに読みはじめた。

「こちらも元気です。与与丸につなぎを托しました。何かありましたら、白い紙に書いてお報せください……波って、書いてあるぞえ」

「与与丸を使うとは、いいところに目をつけたが、何も肝心なことが書いてねえな。あのあと、秋田屋さんがどうなったかなど……」

気の利かないやつらだと、亀治郎の顔が歪みをもった。

「亀治郎、すぐに出られるぞえ。お外で、お波が待ってるだろうからの」

与与丸が、自分だけで番屋まで来られるわけがない。

「で、どうやって外に出るんだ？」

「わらわに、考えがある」

言って鶴姫は、頭に挿《さ》してある簪《かんざし》を一本抜いた。そして、矢立の筆でさらさらと雑紙に文字を書いた。簪を包み、与与丸の腹に括りつける。

「与与、これを持ってお波のもとにお行き」

すると与与丸がワンと一吠え返して、牢屋をあとにした。

「なんて書いたんだ？」

「ないしょ」

と、笑って鶴姫は男牢から離れた。

「お鹿さんとやら……」

「はい」

偉いところのお姫様とお鹿も知って、頭を下げている。

「なんでここに入れられたのじゃ？」

「はい。他人《ひと》さまの懐にあるものを……人はそれを、巾着切《きんちゃくきり》と申します。平たく言えば、掏摸《すり》のことです」

「それは、悪いことなのかえ？」

「はい。泥棒ですから」

「それはよくないのう。もう、二度とやらないと誓えるか？」

「お姫様の話を聞いてましたら、あたしのやってることがなんとおろかなことと思い知りました。これを機に足を洗おうと思ってます」

「そんなに足が汚れているのか？」

「いいえ、そんなわけでは……いや、すごく汚れています」

お鹿が、真顔で答えた。そして、固い床に平伏する。

「いかがしたのじゃ？」

「申しわけございません」

さらに額《ひたい》を床に押しつけ、詫びを言う。

「だから、どうしたのじゃ？」

「お姫様の懐から、これを……」

両手で持って差し出したのは、鶴姫の懐から抜いたお守りであった。

「あまりにも大層なもので、怖くて言い出せませんでした。どうぞ、お許しください」

鶴姫が入牢《じゅろう》したとき、お鹿が近づいた。その一瞬であった。三つ葉葵の紋が入ったお守りは、お鹿の袖に移っていた。さしものお鹿も、三つ葉葵を見て震えたという。首が飛ぶと思えば、言い出すことができなかったと泣きながら詫びた。

「よくぞ申してくださったの。これは、爺《じっ》ちゃんにいただいた大切なものだから、他人《ひと》にくれるわけにはいかん。返してもらうでの」

鶴姫は、咎《とが》めずに言う。

「盗《と》られたわらわもいかんのじゃ」

「本当に、申しわけございませんでした。もう金輪際《こんりんざい》、盗みなどいたしません」

「ならば、わらわと約束してくれるか？」

「はい。もう二度と……」

「その約束は聞いた。そうではなく、これからは他人《ひと》さまのお役に立つお人になれるかどうかじゃ」

「はい。天地神明に誓って、真人間になります」

「ならば、お外に一緒に付いてきなされ」

またまた一人、変わった女を鶴姫は味方につけた。

まだ三十歳になったばかりに、お鹿は見える。

六

鞘番屋の外では、お波とお梅が与与丸が出てくるのを待っていた。

「あっ、出てきたわ」

与与丸が駆け足で近づいてきた。抱え上げると、腹に返信が括られている。お波はすぐさま目を通すと、お梅に聞こえるほどの小声で読みはじめた。

「わらわは、元気じゃ。お鶴ちゃんに差し上げてと言って、この簪を番屋役人に渡してたもれ……これしか書いてないわ」

なんのことか、理解できない。お波が首を傾げている。

「お波さん、簪を見せてください」

お梅が簪を受け取ると、ためつすがめつ見やっている。

娘島田の側面に挿す、平打ちの銀簪である。

「これですわ」

丸く平たい面に、小さく三つ葉葵の御紋が印されてある。だが、お波はまだ首を傾げている。

「どうかなされましたか？」

「いえね、なんであたしらにこれを？　ご自分で差し出せば早いのに」

鶴姫の狙いは、お波にも分かっている。それだけに、自分に托すのが不思議であった。

「おそらくお鶴ちゃんは、こうお考えでは」

お梅が、お波の疑問を解く。

「ご自分でこれを差し出しても、まさか将軍家所縁《ゆかり》のお姫様が深川の鞘番屋にいるわけがないと、お役人は信じないでしょう。それよりも、どこかで盗んできたと疑いをかけられるのがおちとでも読んだのではございませんか」

「お鶴ちゃんが、そこまで考えるかしら？」

お波としては、半信半疑である。だが、お波はすぐにその考えを覆《くつがえ》す。

「……お鶴ちゃんならありうるかも」

与力の頭を叩いてまで、惣衛門を救おうとしている鶴姫である。

「でも、なんであたしらに……？」

「あたしたちのほうからお役人に簪を差し出せば、信憑性《しんぴょうせい》が増すからだと思います。あのお方を捕らえたままにしておいたら、大変なことになりますわよ……と、一言添えればよろしいかと」

普段は物静かなお梅は、考えも冷静であった。

「お梅ちゃん、考えるわね」

得心した様子で、お波が目を瞠《みは》る。ならばさっそくと、お梅だけ番屋の門を潜《くぐ》った。役人に秋田屋の娘と面が割れているお波は、与与丸と外で待つことにした。

間もなくのこと、番屋役人と共に与力の皆川が直々に女牢に近づいてきた。

「お鶴、出ませい」

出入り口の鍵を開け、番屋役人が声をかけた。

「もうすぐ出してさしあげますから」

小さくお鹿に声をかけ、鶴姫は牢屋の外へと出た。皆川が先に歩き、鶴姫がそのうしろに従った。

皆川は顔を顰《しか》め、終始無言で難しい表情をしている。

男牢の前で、鶴姫は小さく手を振って見せた。

亀治郎も手を振って返す。

吟味部屋で、鶴姫と皆川が向かい合っている。

「こんなものが、お梅という娘の手で届けられたぞ。お鶴ちゃんに渡してくれと言ってな。そして『あのお方を捕らえたままにしておいたら、大変なことになりますわよ』なんて言っておったが、そなたはいったい何者なんだ?」

「……お梅ちゃんも来たのかえ。そうか、お波ちゃんは顔を知られているから」

得心をして、鶴姫は小さくうなずいた。だが、皆川は簪に捺《お》された御紋に気づいていない。

「こんなもの、なぜ届けた……ん?」

鶴姫に渡そうとした簪を、皆川は引っ込めた。そして、平打ちをまざまざと見やる。

「……三つ葉葵の御紋」

と小さく呟き、ようやく気づいた。

「もしや……?」

「ジャーン」

と、口でもって金げの音を鳴らし、鶴姫は懐から御守りを取り出した。それには大きくはっきりと金糸で、将軍家三つ葉葵の刺繍《ししゅう》がなされている。亀治郎は頼るなと言ったが、番屋《ここ》を抜け出すには今はこの手しかない。

だが、ここで惣衛門の無実を訴えたりはしない。その件とこれとは別物である。

大犯罪をしでかしたとされる惣衛門のご赦免は、無実の証《あかし》をもって成されなければならない。そこには、いかに将軍家の血筋であろうとも権力をひけらかすことはできないと、鶴姫は弁《わきま》えている。

「秋田屋のご主人は、火付けなどしておらん。だが、証がないのに放免しろとは言わぬ。無実はわらわたちが、必ず証明してみせます。なので、今牢屋にいる亀治郎と政吉、そしてお鹿さんを放免してくだされ」

だが、皆川はためらいを見せている。

「信じていただけぬようじゃの。ならば……」

鶴姫は立ち上がると、帯を解きはじめた。

「何をなさるので？」

これには、皆川も側に控える番屋役人も驚く。

黄八丈の小袖の内側に、白羽二重《しろはぶたえ》の長襦袢《ながじゅばん》を纏《まと》っている。その背中にも銀糸で、清水家三つ葉葵の御紋が印されている。そこまで見せれば分かってもらえるだろうと、鶴姫ははばかることなく帯の結びを解いた。

「いや、分かりました。そこまでにしてくだされ」

姫様を裸にするわけにはいかない。皆川は、冷や汗を掻きながら鶴姫を止めた。

「亀治郎と政吉とお鹿を連れてまいれ」

皆川が、番屋役人に命じた。


亀治郎たちが放免されて来る間に、鶴姫は皆川に問う。

「なぜ秋田屋のご主人を捕らえたのじゃ？」

「なぜか今ごろになって、番屋に投げ文があったのだ……いや、あったのです」

皆川の言葉が、改まった。

「なんと、書かれてあったのじゃ？」

「春先の、今川町の火事は秋田屋惣衛門の仕業と……」

「たった、それだけかえ？」

投げ文なので、当然差出人は書かれていない。

「ご主人が、誰かに火を付けさせたという証はないのか？」

鶴姫の鋭い詰問《きつもん》が、皆川に向いた。

「さすがにそれだけでは、捕らえることはできませぬ。もちろん調べました。そしたら、秋田屋惣衛門に命じられて火を付けたという男が出てきまして。煙草《たばこ》の火の不始末を装ったというのが、動かぬ証に」

「その男は、今どこにおるのじゃ？」

「分かりません」

「分からないって、なんでだべ？」

背後から問うたのは、牢屋から放免された亀治郎であった。そのうしろには、政吉とお鹿が立っている。

亀治郎は、鶴姫と皆川のやり取りを途中から聞いていた。

「おお、亀治郎、出てきたのか」

「ああ、さすがお鶴ちゃんだ。与力様相手に、かっこよかったべ」

「さようか。それで、どこから聞いておったのじゃ？」

「火を付けさせたという証はないのかって、訊いてたところだ。ちょっと、拙者から訊いてもいいべか？」

「もちろんじゃ」

鶴姫の返事で、亀治郎の顔が皆川に向いた。

「拙者から訊ねるけど、煙草の火の不始末を装ったってのが、なんで動かぬ証になるんだべ？」

「火元の原因は、外に触れてはおらぬ。奉行所の者しか知らぬことだ」

世間には、火の不始末としか公表していない。もし火事が火付けの仕業だとした場合、その手口は犯人にしか知り得ぬこととなる。

「火の元を知っているのは、火を付けた本人しかおるまいってことだな。その者の話では、小料理屋は客に細かい気配りをしていて、小上がりには尻の下にあてるしとねがあってな、そこに煙草の火種を落としておいたと言うのだ」

しとねとは、薄畳を重ねて縁に布を縫って止めた敷物である。場末の小料理屋で、そういう敷物を備えているところはほとんどない。

「それが、煙草の火の怖いところでな、火種は小さいもんだろ。しとねに落ちても、燃え上がるまでにはかなりの間がある。ゆめやの女将《おかみ》も、気づかぬうちに店を閉めたのだな。奉行所以外には、誰も知らぬ出火の原因を今ごろになって白状してきた。実はあれは、秋田屋惣衛門から頼まれてやった火付けだとな」

「なぜ、今ごろになって訴えてきたのじゃ？」

「それは、分かりませぬ」

鶴姫と亀治郎で、答える皆川の言葉遣いが変わる。

「そのゆめやという小料理屋の女将は、どうしたんだべ？」

「それが、ずっと行方知れずなのだ」

「なんでじゃ？」

「おそらく、怖くなって逃げたものと思われまする」

それでも女将の名は、お峰《みね》ということだけは知れた。

疑問が、亀治郎の頭の中で燻《くすぶ》る。

「訴え出てきた者の名はなんてんだべ？」

「その名は言えぬが、五十両の金でもって秋田屋惣衛門から頼まれたとのことだ」

「なぜ、その者も捕らえなかったのじゃ？」

「黒幕を暴けば、ご赦免にしてやると取引きをいたしました」

「それは、皆川様がそうしたんだんべか？」

「拙者ではない。南町奉行所の吟味方与力だ。それで、きょう秋田屋惣衛門を捕《ほ》縛《ばく》したってわけだ」

「それだけで捕縛だってか、ずいぶんと杜撰《ずさん》な捕り物だな。ところで、南町奉行所の吟味方与力ってのと、直に会って訊いてみるべ。なんて名だべ？」

「………」

言いたくないと、皆川は黙している。

「名はなんというのじゃ？　そのくらい、教えてくれてもよかろう」

答えぬ皆川に向けて、鶴姫は再び帯を解こうと結び目に手をやった。それがけっこう相手に響く。皆川が、慌てて口を開く。

「原田馬ノ助《はらだうますけ》という、吟味方与力でござります」

「その原田という与力が、惣衛門さんを調べてるんだべか？」

「ああ、おそらくそうだろうよ」

本所方与力の皆川から聞き出せたのは、そこまでであった。

七日以内に惣衛門が放免されなければ、秋田屋の財産は没収され奉公人一同路頭に迷う。それどころか惣衛門自身、火焙りの刑は免れないであろう。お波も大罪人の娘として、鶴姫のもとにはいられなくなる。

「……せっかく仲良くなれたのにのう」

鶴姫は、お波を気に入っていた。町屋の匂いを漂わせてくれるし、何よりも博奕では弱いながらも、むきになってかかってくる。それが、何よりも楽しい。失いたくはない侍女であった。

惣衛門のために、お波のために、そして秋田屋の奉公人みんなのためにこの事件は絶対に解決しなくてはならない。いや、もう一つ大きな事情《わけ》があった。

二万両……いや、少なくとも一万両を大谷家のために融通してもらわなくてはならないのだ。

番屋に入ったときよりも、人数が多くなって出てきた。

鞘番屋の外に出ると、与与丸が鶴姫の足元にじゃれついてきた。

「与与のおかげで助かったぞえ」

与与丸を抱き上げ、鶴姫はふさふさの毛に顔を埋《うず》めた。そして、顔をお波とお梅に向けた。

「よくぞ来てくださったのう。おかげで、お外に出られましたぞ」

礼を述べるも、鶴姫の表情は晴れてはいない。

「お父っつぁんと、会えましたので？」

不安のこもる顔で、お波が訊いた。

「そのことなんじゃ。会えたのは会えたのだが……」

鶴姫の表情が暗いのは、このためであった。

「さっき、茅場町の大番屋に身柄が移されたってよ。本格的な吟味に入るんだべ。南町奉行所のなんてったっけ……？」

「原田馬ノ助って言ってやしたぜ」

亀治郎の問いに、政吉が答えた。

「……はらだって、もしや」

お鹿が、小さく呟きを漏らした。その小さな声が、亀治郎の耳に入った。

「あんたは、誰だんべ？」

お鹿のことは、亀治郎はまだなにも聞いていない。うしろについて女牢から出てきたが、言葉は交わしていなかった。

「巾着切のお鹿ちゃんじゃ」

これにはお鹿の顔も、真っ赤になった。

「巾着切って、これのか？」

亀治郎が、人差し指を鉤形《かぎがた》にして訊いた。

「ええ、まあ……」

答えづらそうに、お鹿が小さくうなずく。

「でも、足を洗ったのじゃ。わらわのお守りを掏ったのが、悪事の最後じゃ。もう、二度と人の物は盗まないとわらわに誓った。なあ、そうじゃの？」

「はい。天地神明に誓って、金輪際掏摸から足を洗います」

「お鶴ちゃんが連れてきたんじゃ、しょうがねえべな」

亀治郎も、お鹿を受け入れることにした。

お波とお梅が、髭面の政吉を恐ろしげな顔をして見ている。

「こちらのお人は、政吉さんと言ってな……」

「えっ、政吉さんて？」

お波の表情が変わった。

「お嬢さん、お久しぶりで……」

政吉には、お波のことは分かっていた。

「あの、政吉さん？　ずいぶんと、お変わりになって」

「あのときは、世話になりやした」

「あたしは別に世話なんてしてなかったけど」

「いや、お福をかわいがってくれました」

政吉の涙声に、お波の訝《いぶか》しげな顔が向いている。

「お福ちゃん、どうかしたの？」

「今川町の火事で、焼け死にやした」

「えっ！」

お波が驚いたのは無理もない。その火事の火付けが父親だとの嫌疑がかけられているのだ。

「女房のお光もそれで……」

そこまで聞けば、お波も言葉を返しようがない、ただただ呆然とするだけであった。

「お波ちゃん……」

そこに亀治郎が話しかける。

「だがな、政吉さんは旦那さんが火を付けたなんて、これっぽっちも思っちゃいねえべ。だから、拙者らと一緒に出てきたんだ。ああ、旦那さんの無実を晴らそうと思ってな」

「ええ。亀治郎さんの言う通りで。あっしは、旦那様を信じやすぜ。そして、お鶴……いや、鶴姫様と憎き仇をこれから捜しやす」

「これからは、お鶴ちゃんと呼んでたもれ」

鶴姫が政吉に声をかける。

鞘番屋の前での、立ち話であった。

「こんなところでは……一旦、家に戻りましょ」

お波の言葉で、六人と一匹は秋田屋に向かって歩き出した。

七

ご無事で何よりでしたと、金吾と銀三郎が出迎えた。

秋田屋に着いてそうそう、亀治郎がさっそくお鹿に訊いた。

「さっき、原田という奉行所の与力を知ってるようなことを口にしなかったべか？」

「ええ、しました。聞こえてましたので？」

お鹿の呟きを、耳にしていたのは亀治郎だけである。

「ああ、聞こえた。もしやとかも言ってたべな」

貧相に見える亀治郎を、周囲の誰もが一目も二目も置いている。そんな様子に、お鹿の亀治郎を見る目も変わった。

「さすが、鶴姫様がご信頼なされるお方、鋭いですわね」

「そんなに、褒《ほ》められるほどではねえべよ。そんなことはいいから、原田という与力のことを話してくれねえべか」

「はい。よろしいですとも」

亀治郎の頼みに、お鹿が大きくうなずく。

「以前、仲間の巾着切が、原田という与力から吟味を受けたことがあるのです。ええ、ちょっと仕事をしくじっちまって。その仲間から聞いた話なんですが……」

そこでお鹿は口を閉じた。このまま話をつづけてよいものかどうか、戸惑っているようにも見える。

「どうしたべ？　なんでもいいから話してくれねえか」

亀治郎の促しに、お鹿の口が再び動いた。

「はい。とても言い難《にく》いのですが、その原田という与力、仲間の言うとおりならば、かなり手酷い吟味をするそうで」

町奉行所の取調べで『痛め吟味』というのがある。算盤攻めの石抱きとか、吊るし縄などの拷問《ごうもん》をさしていう。

お鹿の話に、全員がうつむき表情が暗くなった。とりわけ苦悶の表情を浮かべたのは、お波であった。

「お父っつぁん……」

いたたまれぬ不安で、言葉も震えている。

「ごめんなさい。怖がらせるつもりではなかったのですが……」

お鹿が、お波に向けて詫びを言った。

「早く、助けてあげたいのう」

鶴姫も、不安を口にする。

「いや、そう心配することもねえべよ」

亀治郎が、みんなの不安を払拭《ふっしょく》するように、努めて明るい声で言った。

「どうしてじゃ？」

「お鶴ちゃんが、そうしてくれたからよ」

「わらわがか？」

「ああ、そうだ。旦那さんは火付けの黒幕として吟味を受けるけど、手荒な真似はできねえべさ。あの本所方与力の皆川から、手酷い吟味はするなと報せがいくはずだ。三つ葉葵を見せつけられちゃ、しょうがねえべ。だけんど、このままでは、吟味で白状しなくても火焙りの刑は免れねえべな」

「火付けをした本人の話があるからだ。その裏を取っての捕縛とも言ってたからな。そこまで突き付けられちゃ、痛めて白状させることもねえべさ」

「亀治郎の言うことは、ますます皆を暗くさせるのう。なあ、与与」

「いや、そうじゃねえよお鶴ちゃん。拙者がお鹿さんに原田のことを訊いたのはだな、どうもその与力に引っかかるところがあったからだべ」

「あったからだべって、何があったのじゃ？」

鶴姫と亀治郎の掛け合いを、みなが真剣な顔をして聞いている。

「お鹿さんよ……」

「はい、なんでしょ？」

「その原田って与力、金に弱いって聞いてねえか？」

亀治郎の問いが、お鹿に向いた。

「そういえば……羽織の袖にお金を投げ入れたら吟味を手加減するようで。あまり評判がよくないと、あたしの仲間が言ってました」

「評判がよくねえってか。こいつは、いいことを聞いたべ」

「なぜじゃ？」

うんと小さくうなずき、亀治郎は目を瞑《つむ》り腕を組んだ。

「何を考えているのじゃ？」

鶴姫の問いかけに、亀治郎は小さな目を金吾と銀三郎に向けた。

「手分けして、動くべえ。金と銀は、すまねえけど原田馬ノ助って与力の周辺を探ってくれねえかな」

「どこに行ったらいいんで？」

「そんなこと、亀治郎さんに訊くんじゃねえ。こっちで考えることだ」

金吾の問いをたしなめたのは、銀三郎であった。

「そうだ、お鹿さんも手伝ってもらえないかの？」

鶴姫が口を挟んだ。

「ええ、もちろん。あたしを娑婆《しゃば》に出してくれたお礼もあるし、お鶴ちゃんの頼みならなんでもするわ」

「だったら、金さん銀さんと一緒に行っておくれ」

お鹿の仲間から聞き出すのも手だと、鶴姫は思いを口にする。金吾と銀三郎の呼び方も、いつの間にか変わっている。

「おっ、ずいぶんとお鶴ちゃんも、勘が鋭くなったな。言うことが、的を射てるべよ」

鶴姫に、はっきりと成長のあとを感じている。やはり、かつて浅草で揉《も》まれた甲斐があると、亀治郎は思った。

「拙者とお鶴ちゃんと政吉さんとで、火事の現場あたりを探るべ。何か出てくるかもしれねえし」

「わらわも一緒にか？」

「ああ、そうだ。姫様お忍び事件帖だからな、お鶴ちゃんがいねえとはじまらねえ」

「江戸の町が、見物できるのう」

鶴姫の気持ちは半分、物見遊山である。

「与与はどうするのじゃ？」

「もちろん、一緒に連れていくべ。きょうは、ずいぶんと活躍してくれたからな。そうだ、もう一丁与与丸に頼るとするべえか」

与与丸の頭を撫《な》でながら、亀治郎は言った。すると「ワン」と、張り切った一吠えが返った。

「よかったのう、与与。一緒に連れてってもらえるぞ。それで、与与に頼ることってなんじゃ？」

「与与丸の首輪に伝言をくっつけ、惣衛門さんに送り届けてもらうのよ。そこに、五両ばかりつけて原田って吟味方与力の袖に放り込めって書いてな。そうすりゃ、痛い思いをしねえですむべ」

万が一、痛め吟味に遭《あ》うかもしれないと、五両はそれへの配慮であった。

茅場町の大番屋でも、鞘番屋で与与丸を使った同じ手でいくことにする。

「それはよい考えじゃの。お波のお父上へ励ましも書けばよいの」

浮き浮きとした気分で、鶴姫が言った。

するとそのとき、遠く夕七ツを報せる鐘の音が聞こえてきた。それから四半刻ほど、手はずなどを話し合った。

日は西に大きく傾き、日暮れに向かっている。一刻も早くという焦りがあったが、動くのは翌朝からとした。

夕餉《ゆうげ》は、みんなして一緒に取った。

鶴姫にとって、久しぶりの町屋での食事であった。楽しい夕餉となるはずであったが、事態を考えればはしゃぐわけにもいかない。みんな無言の寂しい食事となった。

その夜のことである。

大谷家の上屋敷で、ちょっとした騒ぎが持ち上がっていた。

「いっ、一大事でござる」

血相を変えて家老山脇大膳のもとに、奥御用頭の佐々山平十郎が駆け込んできた。

「どうした……まさか？」

心覚えに突き当たり、山脇の顔色がサッと変わった。

「その、まさかでございます」

佐々山も、山脇の心の内を察している。

「忠信様と御正室様が、鶴姫様のご寝所《しんじょ》に今、お越しになっておりまする」

御正室様とは、藩主忠次の正室で忠信の母であるお勝の方である。

「ああ、おぬしの顔色を見てすぐに察しがついた。とうとう寝床にまで、一緒にくっついてきたか。それで、御母堂様はなんと申されている？」

ほとんど口を利かない忠信である。突如、鶴姫のもとを訪れたのは、お勝の方に何か考えがあってのことだろう。

「嫁のお鶴はどこに行ったのだと訊かれまして……なんと答えてよいのか分からず、ちょっとお待ちくだされと言って、飛び出してきました」

「すると、寝所を訪れた理由《わけ》は、まだ聞いてないのだな？」

「はっ、それはまだ。ここは真っ先にご家老にご相談せねばと」

「十日に一度しか来ないと言ってたので、安心しておったのだが……」

すぐに理由を捻《ひね》り出さなくてはならないと、山脇は脇息《きょうそく》にもたれて考えはじめた。

「一晩ならば、のっぴきならない用事で清水家を訪れていると言えば、得心もしてくれよう。だが、実際は別のところに行ってるのだからな」

「今夜一晩、理由が立ちますればよろしいかと。あした鶴姫様を、深川から呼び戻すということで……」

「それしかあるまいのう。だったら、身共が御母堂様のもとに赴《おもむ》くとするか。仕方あるまい」

「そうしていただければ、ありがたいです」

自分が矢面《やおもて》に立たずにすむと、佐々山の安堵のこもる口調であった。

山脇と佐々山が恐る恐る、御母堂と忠信が待つ鶴姫の寝所を訪れる。

「おお、山脇か。嫁のお鶴はどこに行ったのじゃ？」

さっそくお勝の方の問いがかかった。つづけて、

「もうそろそろ、忠信にやや子を授けさせようと思うての、それで来たのじゃ」

「御母堂様が直々に……？」

山脇の語尾が、か細くなった。

「何を申しておる、山脇。わらわがついて教えんで、誰が子の作り方を伝授するのじゃ？」

忠信の顔を見ると、のっぺりとした四角い顔が真っ赤になっている。

「そのようなことは放っておいても、自然と成るように成るものと存じますが」

畏《おそ》れ多くもと、山脇がお勝の方に進言をする。佐々山は、口を出したくないと頭を下げてうな垂れている。

「何を申すか、山脇。忠信とお鶴は、まだ幼いのですぞ」

「若殿は、おいくつになられました？」

努めて冷静な口調で、山脇が忠信に向けて問うた。

「まだ、十八ですぞ」

答えたのは、お勝の方である。

十八歳ともなれば元服もとうに済み、立派な大人とみなされる。だが、忠信は年齢を重ねるにつれ、ますます引っ込み思案になっていた。そして、鶴姫が輿入《こしい》れしてからは、さらに引きこもりは顕著となった。

「……子供のころは、忠信様もずいぶん利発だったのだが」

どうしてこうなってしまったのだろうと、山脇が小声で呟いた。その顔はお勝の方に向けられたままだ。

元服を過ぎたあたりから、お勝の方は以前にもまして忠信を溺愛するようになった。鶴姫との縁談も「――まだ早い」と、真っ向から反対した。

「……あのころからか、忠信様が引きこもるようになったのは」

山脇の呟きが止まらない。

「何をブツブツと言っておるのじゃ、山脇」

「はっ。もう、お二人におまかせになったほうがよろしいものかと」

山脇が、断固と進言する。

「いや、まだ駄目じゃ。忠信が二十歳になるまで、わらわがついておらねばなりませぬ」

いつまでも子離れができない母親に、山脇と佐々山は、それ以上説く術を持たず深いため息を吐いた。

「それで、お鶴はいったいどこに行ったのじゃ？」

お勝の方はいきり立つが、忠信は関心がないといった表情で、あらぬほうを向いている。

「実は、国元におられます殿からのご指図で、ご実家の清水家に行っておられます」

「なんと、もう里帰りをしておるのか？」

「いえ。里帰りではなく、殿のご指図でござりまする」

「ならば、なぜに忠信に報せなんだ?」

「はっ、それが密命であらせられましたので」

山脇の返答は、ますますお勝の方の気持ちを拗《こじ》らせていく。

「忠信を、ないがしろにしおって」

お勝の方の憤《いきどお》りに、これはまずいと山脇も佐々山も、畳に顔を伏せる以外にない。

「すぐさまお鶴を、清水家から呼び戻せ」

伏した重鎮たちの頭に、お勝の方の命令が、唾の飛沫《ひまつ》と共に降りかかった。

「ですが、もう夜間でござりますので……」

頭を上げて、山脇は反論する。

「清水家の御門は閉じておりまする。無理やり開けさせれば、当大谷家は謀反《むほん》の廉で改易《かいえき》になりまする」

「ええい、仕方がないの。ならば、あすになったら必ず連れ戻すのじゃぞ。首に縄をかけてもじゃ」

「かしこまってござりまする」

山脇と佐々山が、そろって畳に顔を埋めた。

「なぜに、清水家に行ったのだ?」

ここまで一切黙っていた忠信が、初めて口を開いた。意外と野太い声音である。

「はっ。小坂亀治郎なる者が殿の密書をもってまいりました」

「……亀治郎がの」

そのとき忠信の、奥に窪んだ小さな目に、光が宿ったのには誰も気づいていない。それと、小さくうなずいたことも。

「密書には、何が書かれておったのじゃ?」

ここでも口を出すのは、お勝の方である。

「いや、極秘のことですので……」

山脇は低頭して額を畳に押し付けた。忠信は無言のままだ。

「忠信、ここにいても仕方ありませぬ。部屋に戻りましょうぞ」

お勝の方が立ち上がる。言われるままに忠信も立ち上がった。

第三章　不思議なことばかり

一

〽エンヤ〜ラ　エンヤラエ〜
丸太乗りにゃよ　娘はいらぬ
鳶口《とびぐち》いっぽん　かんざしがわり
髪に挿《さ》さずに　腰に差す
ア〜　エンヤラエ〜

深川の朝は早い。

夜明けと共に聞こえてくる、木遣《きや》りの唄声で鶴姫は目を覚ました。

主人の惣衛門が捕らえられても、しょげてはいられないと、秋田屋は動いている。木遣りの唄声は、秋田屋が抱える丸太乗りたちのものであった。

鶴姫は、生まれて初めて正調の木遣り唄を聴いた。

「いい声じゃのう、与与」

与与丸は寝そべっている。ワンと一吠え返したものの、どうでもいいといった風だ。

「お鶴ちゃん、起きておられますか?」

鶴姫が、江戸の情緒を味わっているところに、障子越しにお波の声がかかった。

「ええ、起きておりますぞ」

ゆっくりと障子が開いて、お波が入ってきた。

「木場の唄声がうるさくて、眠れなかったでしょ。あの唄の詞《ことば》は秋田屋《うち》の若い衆《し》が作ったものですのよ」

「いや、とてもよい唄じゃ。聴いてて楽しゅうなるの、なあ与与」

しかし、与与丸は黙ったままである。

与与丸に目を向けながら、お波が懐《ふところ》から折り畳んだ紙を出した。

「お父っつぁん宛ての手紙を書きました。こんなので、いかがでしょうか？」

与与丸が運ぶ惣衛門への伝言を、鶴姫は読んだ。

「よい文章じゃのう。さすがお波ちゃんじゃ、戯作者《げさくしゃ》になれようぞ」

昨日から元気のないお波を、お世辞で和《なご》ませた。

「朝ご飯をいただいたら、さっそく出かけましょうぞ」

早く江戸の町を歩きたいと、鶴姫は眠りが浅くなるほどそわそわしていた。

「お鶴ちゃん、入っていいべか？」

そこに、亀治郎の声がかかった。

「いいべよ」

鶴姫が、武州弁で返した。

そのやり取りに、お波がクスリと小さく笑いを漏らした。それを見て、鶴姫もにっこりと微笑《ほほえ》む。ほんのわずかな、鶴姫の心遣いであった。

「朝めしを食ったら出かけるべ」

「お波ちゃんがお父上への手紙をもってきての、読んでたところだえ。下手な戯かけられる姿であった。

亀治郎は、すでに袴《はかま》を穿《は》いている。羽織をはおって腰に刀を差せば、すぐに出

「そうか、それはよかった」

作者よりも、文《ふみ》が上手じゃ」

朝餉《あさげ》を済ませると二手に分かれ、秋田屋が手配した二艘の川舟に乗り込む。

「またお舟に乗れる。楽しいのう、与与」

深川は、運河の町である。東西南北、新堀で囲まれている。陸路よりも水路のほうが速いし楽だと、行きは舟を選んだ。

茅場町の大番屋を目指す舟には、鶴姫と亀治郎、そして政吉と与与丸が乗り込む。一方の舟には金吾と銀三郎、そしてお鹿が乗り込み、与力原田の動向を探ろうと、まずは数寄屋橋御門《すきやばしごもん》近くにある南町奉行所を目指す。お波とお梅は秋田屋に残り、留守番ということになった。

朝五ツを報せる鐘の音が合図となって、二艘の舟の船頭が櫓《ろ》を漕ぎはじめた。

仙台堀を西に向かい、大川に出てから永代橋を潜《くぐ》るとすぐに霊巌島《れいがんじま》北側の新堀

川に入る。その先は日本橋川となり、その川沿いに、茅場町《かやばちょう》の大番屋がある。

鶴姫が乗った舟はそこを目指し、もう一艘は大川をさらに南下し、霊巌島の南側を回り込むように、八丁堀・通称桜川に水押《みおし》を進ませる。

大川に出る手前、火元となった今川町の町並みが岸の上に見渡せる。そこは、茅場町の大番屋に行ったのちに探ろうとの段取りであった。

仙台堀から大川へ出る手前に架かるのが一ノ橋である。その太鼓橋《たいこばし》を潜れば、目の前は川幅およそ一町の大川である。

鶴姫たちの乗った舟が一ノ橋を過ぎ、大川に出ようとしたところで、上流から入ってきた川舟と危うくぶつかりそうになった。

「危ねえな、急に曲がってきやがって」

「てめえのほうこそ、前《めえ》をよく見やがれ」

船頭同士が、乗客の頭越しに怒鳴り合っている。

「あっ、そなたは！」

鶴姫が、丸い目を大きくさせて驚く。相手の舟に、知る顔が三人も乗っていたからだ。

「お方様……こっ、こんなところで何を……?」

舟に乗っていたのは、奥御用頭の佐々山平十郎と配下の二人であった。

驚愕の目と目がぶつかり合う。

佐々山の乗った舟が、鶴姫たちの舟の行く手を塞《ふさ》いでいる。

「与与丸も、ご一緒でしたか」

「いいから、早《はよ》うどきなされ」

「いや、どきませぬ」

与与丸を抱きながら鶴姫が命じるも、佐々山は頑《がん》として拒み舟の行く手を塞いだ。ここで逃がしたら切腹と、覚悟しているから佐々山も必死である。

「佐々山様、何かあったべか?」

尋常でない佐々山の様子を察し、亀治郎が問うた。

「何かあったどころではない。御正室様がお鶴を……いや失礼。お方様を、首に縄をかけても連れてまいれとの仰《おお》せである」

だが、鶴姫は首を振る。

「いやじゃ。お義母上《ははうえ》が何を言おうと、戻りはいたしませぬ。でも、なぜお義母上に分かったのじゃ？」

少なくとも、あと六日は外出が露見しないと思っていたものが、当てが外れた。まずいと思ったのは、鶴姫ばかりでなく佐々山も同じである。

「昨夜、若殿とご一緒にお方様のご寝所を訪れまして……まさかと思ったのですが」

佐々山がまさかと言ったのは、鶴姫が輿入れしてから夫の忠信が寝所を訪れるのは、初めての出来事であったからだ。

「なぜ、お義母上がわらわの寝所に来たのだえ？」

「なんですか、お子作りのご伝授だとか……」

佐々山の声は大きく、川面《かわも》をそよぐ風に運ばれて金吾たちの乗った舟にも届いた。

「なんだか、朝っぱらからすげえ話をしてやがるな、佐々山様は」

金吾が銀三郎に話しかけた。二艘の舟で通せんぼをくらい、そのうしろには、大川に出たい川舟が動けずに列を作っている。

「何をしてるんでぇー、早くしろい」

背後から、急かせる船頭の声が聞こえてくる。

水上では逃げようもない。

「わらわたちは、急いでいるのじゃ。ならば、一緒についてきなされ」

鶴姫は仕方なく、うしろにつかせることにした。

「どちらにおいでで？」

「あとをついてくればよい。船頭さん、お願いします」

「へい」

船頭の返事と同時に、舟が動き出した。

大川に出て、下流に水押を向けると永代橋が見える。永代橋を潜り、霊巌島北側の新堀川に鶴姫たちの舟が入っていく。佐々山の乗った舟は、そのうしろについてきた。

日本橋川に入ると川幅が広くなり、鎧《よろい》ノ渡《わたし》に差し掛かる。南岸の船着場に舟は近づくと、横付けされた。

「着きやしたぜ。堤に上がると、目の前に茅場町の大番屋がありますさあ」

船頭は、さすがに土地をよく知っている。二艘の川舟が、縦列で並んで桟橋《さんばし》に着いた。

舟を待たせて堤に出たときは、一行は六人と一匹に増えていた。

船頭が言ったとおり、鎧ノ渡の船着場から降りると、二十歩も歩かず茅場町の大番屋があった。

まずは、大番屋にいる惣衛門につなぎを取らなくてはならない。佐々山たちの話を詳しく聞くのは、それからである。

「与与、頼むぞえ」

大番屋の門前で、鶴姫が与与丸の首にかかる組紐を解いた。

与与丸の鼻には、惣衛門の体臭をたっぷりと嗅がせてある。与与丸は飛び上がるほど嫌がったが、むしろそれだけ大番屋の牢に閉じ込められた惣衛門を、捜しやすくなるともいえる。

与与丸が、門番の足元を何食わぬ顔をして通り過ぎていく。門番は、犬が一匹紛《まぎ》れ込んだとしか思っていない。追い払われることもなかった。

建屋の中に入ってから、与与丸は地面に鼻をつけた。

深川の鞘番屋と比べて、茅場町の大番屋の牢は広い。

牢の中に数日留置され、奉行所から出張してきた吟味方与力の取調べとなる。冤罪《えんざい》など取違いは許されないので、おのずと大番屋での吟味は過酷であった。

惣衛門の取調べは、月番である南町奉行所の与力が、出張してきて当たることになっている。それが原田だと聞いている。賂《まいない》を渡せば、なびく与力であると、お鹿は言っていた。鼻薬が効くかどうか分からぬものの、与与丸の腹には惣衛門への手紙と共に、念のためにと五両の小判を副《そ》えておいた。

牢屋の中は、罪人たちでひしめきあっている。

そのほとんどが、喧嘩《けんか》や無銭飲食などでの、比較的罪が軽い者たちが入る雑多牢である。奥にいくほど、重い罪を犯した者が留置されている。

殺人や放火など、とくに重い罪を犯した者は一番奥の牢にいる。

与与丸は、地べたに鼻をつけながら、雑多牢の前を通り過ぎた。惣衛門の臭いに導かれて、奥の重罪人が留置される牢格子の前まで辿《たど》り着いた。薄暗い牢屋の中には、四人ほどが収監されている。その内の一人が惣衛門であった。

与与丸は、ためらいもなく牢格子の隙間《すきま》を潜った。

罪人たちはみな、これからある吟味に恐々として、小犬が一匹侵入したとて気にも留めていない。与与丸は、難なく惣衛門に近づくことができた。

板壁に背中をもたれ、両膝《りょうひざ》を抱えて惣衛門はうな垂れていた。与与丸は、惣衛門の足元まで近づくと、裸足の足を舐《な》めた。

目を瞑《つむ》っていた惣衛門が、薄目を開けると白黒の斑模様《まだらもよう》の犬が座っている。上を向いている与与丸と、下を向く惣衛門の目と目が合った。

「はて……？」

犬に覚えのない惣衛門は首を捻《ひね》った。与与丸は惣衛門の脛《すね》に執拗《しつよう》に頭をこすりつけている。

「なんなんだ、この犬は？」

だが、不快ではない。小犬の仕草に心が癒された惣衛門は与与丸を撫《な》ではじめた。すると、腹のあたりで手に触れたものがあった。長い毛で覆《おお》われたものは紐で括《くく》られている。

「文か……」

惣衛門は紐を解き、小さく折られた封を見ると『波』と一文字書かれてある。

「……お波からか」

しょっ引かれて行くとき店先で、お波と顔を合わせた。

惣衛門は急いで封を開くと、手紙と共に五両の金が入っている。

〈お父っつぁん　必ず助け出すからそれまで辛抱してね　同封の五両は　原田という与力の鼻薬　袖《そで》の下に入れてやるといいわよ　吟味に手加減してくれるらしいの　だから絶対にめげないでね　波〉

と書かれてある。鶴姫はこれを、戯作者以上の名文だと褒《ほ》めていた。よほど、今まで読んだものが酷《ひど》かったのだろう。だが、惣衛門にとって、これほどの励ましはない。

「……そういえば、お波の横に狆《ちん》を抱えていた娘がいたな」

冷静に物事を考えられるようになった惣衛門は、与与丸の顔を思い出した。

「やはり……あれが鶴姫様？」

鶴姫のことは、鞘番屋で亀治郎から聞いている。女牢に入れられたと聞いたが、顔はほとんど見ていないが確信はできた。

「そうか。おまえは、鶴姫様の愛犬か」

何か返事を認《したた》めたかったが、生憎《あいにく》と書くものがない。すると惣衛門は与与丸の口を開き、親指を入れた。

「ちょっと、歯を借りるよ」

と言って、惣衛門は犬歯に親指の腹を刺した。小犬でも、牙は鋭い。チクリとした痛さを感じると、指の腹に血が滲《にじ》んだ。

お波からの手紙に血判を捺《お》して、与与丸の腹に括りつけた。読んだとの意味を持たせる。そして、五両は不要だと一緒に包んで返した。

「ご苦労だったね。もういいから、お帰り」

与与丸の背中を叩いたところで、牢格子の扉が開いた。

「秋田屋惣衛門、吟味である、出ませい」

大番屋の番人の足元をすり抜け、与与丸は駆け出していった。

大番屋から出てきた与与丸の腹に、お波の手紙が括りつけられている。

「届かなかったのかえ？」

鶴姫が、気落ちした口調で与与丸に訊いた。「ワン」との一吠えは、そうではないと言っているようだ。鶴姫には、少なくともそう聞こえた。

括られた紐を解くと、五両と一緒に手紙が戻ってきた。

「血判が捺されてるべ。受取り証文を返すところは、さすがに商人《あきんど》だな。五両を返したのは、賂《まいない》はいらねえってことだべな」

亀治郎が、鶴姫の持つ紙片を見ながら言った。

指の形をした血の跡に、負けるもんかという、惣衛門の気丈な心が表れている。

二

与与丸が大番屋に入っている間に、鶴姫と奥御用頭佐々山の間で、こんなやり取りが交わされていた。

「――お方様、お屋敷にお戻りなされませ」

「いやじゃ、戻らぬ。わらわには、やらねばならぬことがあるのじゃ」

「御正室様は、お方様がご実家の清水家に戻っているものと思われております。

ですから、限りは一晩。いくらご実家が将軍家のご親類といえど、二泊三日は許されませんぞ」

口角《こうかく》泡を飛ばして、佐々山は説く。

「ですが、帰れませんのじゃ」

「なぜに、こんな大番屋の前にいなければならないのか、事情《わけ》を話していただけませぬか」

すぐに呼び戻せるものと佐々山は高を括っていたものが、何か雲行きが怪しい。

「この大番屋の中に秋田屋の大旦那、つまりお波のお父っつぁんが留め置かれてるんだ」

亀治郎が、佐々山の問いに答えた。

「なんだって！」

佐々山は驚きと不安で顔を顰《しか》めて、複雑な表情となった。

「すると、二万両のことは……？」

「それどころでは、ねえべよ」

「お波のお父上を、早く救い出さんとのう」

鶴姫と亀治郎が、心配げな目を番屋に向けながら言った。

これでは鶴姫を呼び戻せそうもない。だが、呼び戻さなければお勝の方からどんな咎《とが》めを受けるか分からない。そんな不安が、佐々山の表情に表れていた。

「いったい、何があったのでござりまする？」

佐々山が恐る恐る訊ねた。

「お波のお父上が鞘番屋に捕まっての、それから大番屋に行って奉行所でお裁きをされ、それから牢屋に入れられ鈴ヶ森かどっかに連れていかれ、火焙《ひあぶ》りにされてしまうのだぞえ」

鶴姫の説明は話を飛ばしに飛ばしたものでまるで要領を得ない。与与丸がうまく惣衛門と会えるかどうかで頭がいっぱいなのだ。

聞いている佐々山の頭は、ますます混乱する。

「おっ、与与丸が出てきたべ」

走って戻ってきた与与丸を、亀治郎が目にして言った。

血判に惣衛門の気丈夫さを知った鶴姫と亀治郎は、いく分気持ちを落ち着かせることができた。

「これから、今川町に行ってみるべ。舟の上で、佐々山様にも詳しく話すべや」

そう言われて、佐々山はしかたなさそうに同行した。


茅場町の大番屋からの戻りの舟は、深川今川町へと向かう。

佐々山と政吉が、舟を入れ替わった。与与丸を抱いた鶴姫と亀治郎、そして佐々山が舟を同じくする。

「最初から話すとだな……」

ゆっくりと新堀川を下る舟の上で、亀治郎が語り聞かせた。

「だからそれで今、どうやって救い出そうかと、みんなして動いているんだべよ。無実の罪に、違《ちげ》えねえからな」

聞き終えて、佐々山は押し黙った。今、御正室様と鶴姫との板挟みになっている。保身のためには御正室様につきたいが、人の道としては鶴姫につきたい。どちらにつこうか迷ううちに、舟は仙台堀へと入った。

「間もなく、着きやす」

船頭から声がかかった。

「……お勝の方様か、鶴姫様か」

栈橋に舟が着いても、佐々山はまだどっちつかずの呟きを漏らす。

「いや、もう一つ選択肢があったな」

保身よりも、人としてよりも先に、大谷家の家臣という立場があった。武士としての矜持《きょうじ》が、佐々山にも多少備わっている。

「ご無礼……」

と佐々山が一言発し、鶴姫のおでこに掌《てのひら》をあてた。

「何をいたす?」

「すごいお熱でございます」

「熱などないぞえ。暑くも寒くもないしの」

「いや。お方様は流行《はや》り病《やまい》に侵《おか》されております。なので、しばらくはお屋敷に戻ることは叶わず、安静にしておられたほうがよろしいものと」

佐々山の言っていることが、鶴姫には理解ができない。

「わらわは、安静などしておられぬ。やることがあるのじゃ」

「ですから、お屋敷にお戻りになることは叶いませぬぞ」

佐々山は、二度も同じ言葉を繰り返した。

「そうか。佐々山様の気持ちが分かったべ、お鶴ちゃん」

膝《ひざ》を叩いて、亀治郎が合点した。

「何が分かったのじゃ、亀治郎」

「お鶴ちゃんは急の流行り病に罹《かか》り、お屋敷には戻れないと御正室様に告げるって言うんだべよ。なあ、そうだよな佐々山様」

「そのとおりだ。大谷家の一大事を救うには、その手しかあるまい。ぜひとも惣衛門を救い出し、金の工面《くめん》をしてくれ。頼んだぞ、小坂亀治郎」

佐々山は、大谷家のためにと亀治郎に託す。これはお家のためだと、佐々山は自分に言い聞かせた。

「おい早川と田沼、屋敷に戻るぞ」

同行させてきた二人の家臣を呼んで、舟を乗り換える。

佐々山と二人の家臣を乗せた川舟は、大川に出て大谷家の上屋敷へと戻っていった。

乗ってきた舟を木場に戻し、鶴姫と亀治郎、そして政吉が陸《おか》に上がった。

そこは深川今川町と呼ばれるところである。

与与丸が、鶴姫が持つ組紐につながれ、地面に鼻をつけて動き回る。

「与与、おしっこかえ？」

用を足すのに、戸惑っている様子だ。

一帯はすべてが新築で、まだ木の香りが漂っている。春先にあった火事は界隈《かいわい》を焼き尽くし、町並みを新たに変えていた。

政吉が町を案内する。無精髭《ぶしょうひげ》はきれいに剃ってある。色があさ黒く、木場の職人らしい精悍《せいかん》な顔つきであった。

「ここが火元となったところですぜ。以前はゆめやという小料理屋で、今は甘味茶屋になってまさ」

「おお、ちょうどよかった。おなかが空いただろ、与与」

大活躍の与与丸を労《ねぎら》おうと、鶴姫は目の前の茶屋で一休みすることにした。

「前の店の女将《おかみ》は、行方知れずなんだべ？」

「ええ。咎めを恐れて逃げ出したってことですわ。あっしもいく度か呑みにきたことがありやした。お峰という三十代半ばの女が一人で切り盛りしてた店でして」

「だったら、お峰という女将の顔を見れば分かるべか？」

「ええ。渋皮のむけたいい女でしたぜ」

「なんだえ、渋皮がどうのこうのって？」

初めて聞く言葉に、鶴姫が亀治郎に訊いた。

「拙者だって、知らねえべよ。槻山じゃ、そんな言葉聞いたことねえな」

「あか抜けして、粋な女ってことでやしょう。あっしも、よくは知らねえけど」

甘味どころと、暖簾《のれん》がかかった店先での立ち話であった。

政吉が引き戸を明けると、五十にも近い剛健そうな男が前掛けをして突っ立っている。

「いらっしゃい」

野太い声で、鶴姫たちを迎え入れた。ほかに客はいない。

「好きなところに座ってくれ」

緋毛氈《ひもうせん》が敷かれた長床几《ながしょうぎ》の縁台が、きれいに並べられて六脚ある。

「ここに座ろうのう、与与」

鶴姫が、中ほどの床几を選んで座ろうとしたところであった。

「犬は入れねえでくれねえか」

主《あるじ》の、一際《ひときわ》ごん太い声音が聞こえた。

「なんじゃえ?」

鶴姫にとって、信じられない言葉であった。

「なんで、いけねえんだべ?」

亀治郎も、くってかかる。

「駄目だったら駄目なんでえ」

理由も告げず、主は首を振る。その言葉の横柄なこと。

「とっつぁん、この狆《ちん》はこう見えてもとっても利口な犬なんだぜ。そこらのつまらねえ人間よりも、よっぽど役に立ったあ」

政吉も、口角泡を飛ばして説得する。

「五代将軍綱吉公の時代なら、即刻打ち首になりそうな言葉だべよ」

亀治郎も、一言添えた。

「そんなの、どうだっていい。俺は犬が嫌いなんでな、とにかく外に出してくれ」

「仕方がないのう、わらわたちも外に出ようかの。こんな店、潰れちまえばよいのじゃ」

鶴姫が珍しく嫌味を言った。そして、引き戸を開けようとしたところ――。

「お父っつぁん、またお客さんと喧嘩《けんか》して……」

店の奥から、若い女の声が聞こえてきた。

「ごめんなさい、わんちゃんがいたっていいのよ」

二十歳前後の花柄小紋の小袖を着た娘であった。親とは正反対の、気立てのよい娘である。ならばと、鶴姫は止《とど》まることにした。

「まったくお父っつぁんたらお客さんのあしらいが下手で……ご注文は何にいたしますか？」

座り直したところで、娘が訊いた。

「わらわはお団子とお茶じゃ」

みたらし団子の甘いタレが与与丸の好物である。一本、串を取って与与丸に与えることにした。

「それにしても、横柄なおやじだな。客がほかにいないというのも、うなずけるべ」

亀治郎が、呆《あき》れ口調で言った。

「かえって、話が聞きやすくていいんじゃねえですか」

「だけど、あんなおやじじゃな、話してはくれねえべよ」

言っているところに、娘が茶と団子を運んできた。

「おまちどおさまです」

この娘なら話が聞けるだろうと、亀治郎が口にする。

「ちょっと訊きてえことがあるんだけど、いいべか？」

二本差しの侍が発する言葉に、娘は一瞬顔を曇らせたが、すぐにもとの顔へと戻った。

「はい。なんでございましょ？」

「ここは、以前は小料理屋だったんだべ？」

「はい」

答えるものの、娘の顔に影が宿る。

「だったら、女将だったお峰さんて知ってるべか？」

声には出さず、茶屋の娘は小さくうなずきを見せた。

「その人、どこにいるか知ってるか？」

亀治郎が問うたところに、うしろに茶屋の主が立っている。

「おう、娘につまんねえことを訊かねえでもらいてえ。茶を飲んだら、とっとと出てってくれねえか。お咲《さき》も余計なことを喋《しゃべ》るんじゃねえ」

娘に向ける、亭主の眼光が鋭い。

「出すもん出したら、さっさと戻って来い」

厳しい声でお咲に言いつけ、亭主は奥へと引っ込んでいった。

「ごめんなさい。お父っつぁんがああ言うんで……」

「いや、いいのじゃ。すまなかったのう、お咲ちゃん」

「お峰さんなら、門前町《もんぜんちょう》にいます」

お咲は小声で残して、戻っていった。

「もんぜんとか言ったの」

鶴姫が首を傾げる。亀治郎も要領を得ない顔つきとなった。深川にはまったく縁がない二人である。

「深川の門前町ですぜ。こっからなら七、八町と近い。行ってみますか？」

政吉が、案内を買って出た。

「ああ、すぐに行くべ」

言うと同時に亀治郎は立ち上がり、腰に大刀を差した。

三

お鹿に見覚えのある与力が、南町奉行所の門から出てきた。

「あの男が、原田という与力。以前、あたしを取調べたから間違いないです」

南町奉行所に着いてそうそう、巾着切から足を洗ったお鹿が口にした。

従者を三人ほど従え、徒歩で向かう先は茅場町の大番屋であろう。朝の五ツ半も過ぎて、お天道様は高く昇っている。

肩衣《かたぎぬ》に袴《はかま》を穿《は》いた姿は、いかにも町奉行所の与力といった感じだ。同心ならば、小袖に羽織姿なのですぐに見分けられる。

「なんで、亀さんはあの与力を探れって言ったんだ？」

「なんでだかな、拙者にも分からない。ただ、金に弱い与力ってお鹿が言ったところで、小さな目が見開いたからな。そこで、何かが閃《ひらめ》いたのだろ」

金吾の問いに、銀三郎が答えた。

「あの、小坂亀治郎って男《ひと》、やっぱりただ者じゃねえな」

「剣の腕でも大谷家じゃ三本の指に入るらしいぜ」

「そういえば……」

二人のやり取りを、お鹿が遮《さえぎ》った。

「あとを尾《つ》けなくていいんですか？」

すでに原田は、二十間先に行って数寄屋橋御門《すきやばしごもん》で外濠を渡ろうとしている。

「行き先は分かってる。茅場町なら、拙者も行ったことがあるので知ってる。だが、ここからだとけっこう遠いな」

舟は京橋の手前で陸に上がったときに帰しておいた。これからは徒歩での行動であった。

茅場町まで、半里以上はゆうにある。

「これなら、茅場町の大番屋で待てばよかったのにな」

早くも、金吾が愚痴《ぐち》を言った。

「いや、茅場町の大番屋に行くとは限らないだろ。江戸に、大番屋といわれるところは七、八か所あるからな。見定めるのが、一番間違いのないやり方だ」

「惣衛門さんを調べるのは、あの与力ではないのか?」

「それは、こっちが勝手に決めていることだ」

銀三郎の勘は正しかった。この日の、惣衛門の吟味は別の与力が行っていた。

原田の行き先は、通称『三四の番屋』といわれる、楓川《かえでがわ》に沿った材木町《ざいもくちょう》三丁目にある大番屋であった。堀の対岸は、町奉行所の組屋敷がある八丁堀である。

「この先をどう動こうか?」

三四の番屋に入り、いつ出てくるか分からない原田を待っていていいものかと、銀三郎は思案の腕を組んだ。

「だったら、あたしについて来ない?」

と、お鹿が口にする。

「どこに行くんだ？」

「深川の門前仲町《もんぜんなかちょう》に、あの与力のことをよく知ってる人がいるの」

「おお、そいつは都合が……」

銀三郎の言葉が途切れた。

「おい……隠れろ」

銀三郎の声音がにわかに低くなり、三人は物陰に身を隠した。

「あの男に、見覚えがあるだろ？」

「あるどころではねえな。あれは、秋田屋の大番頭じゃねえか」

「たしか、清三といったよな」

「あたしも知ってる。今朝方、井戸端で顔を洗ってると、おはようって声をかけられたから」

物陰に隠れて、清三の様子を見やった。

「……なんでこんなところに来たんだ？」

銀三郎が、自分に語りかけるように問うた。するとお鹿が、それに答えるように言う。

「おかしくない？　大番頭の清三さんが行くとしたら、茅場町の大番屋じゃないの。おそらく、あの原田って与力とつるんでるのよ」

お鹿の考えは、清三に対する不審に向いている。悪巧《わるだく》みと、決め付けた口調である。

「いいところに気づいたな、お鹿さん」

金吾が、お鹿を褒《ほ》めた。

「少し考えれば、分かることよ」

「なんだか、裏がありそうだな。もう少し、ここにいるか？」

与力はなかなか出てこないだろうが、清三は長居しないと踏んだ。三人は三四の番屋の前に止《とど》まることにした。

そして、深川永代寺《えいたいじ》門前仲町。

その一角に、深川七場所の一つである遊里がある。幕府非公認の遊廓《ゆうかく》、いわゆる岡場所である。

冠木門《かぶきもん》を一歩入ると、朱紅の籬《まがき》を施《ほどこ》した妓楼《ぎろう》が軒を並べ、昼からも遊び人で賑《にぎ》わいを見せている。

鶴姫と亀治郎は、政吉の案内ではじめて岡場所に足を踏み入れた。朱紅の目立つ一風変わった風景に、鶴姫は目をパチクリさせている。

「格子の中に、女子《おなご》がたくさんいるけどなんでじゃ？」

鶴姫が、政吉に問うた。籬の中にいるのは、着飾った娼妓《しょうぎ》と呼ばれる女たちである。

「鶴姫……いや、お鶴ちゃんは気にしないでいいですから」

政吉がはぐらかす。

亀治郎は一軒の廓《くるわ》の前で立ち止まり、格子の中をのぞいている。

「亀治郎さん、どうかしたので？」

政吉が声をかけた。

「いや、いい女がいると思ってな。槻山にはなかなかいねえべ、あんなきれいな女」

「どこにいるのじゃ、いい女……？」

鶴姫も、亀治郎と一緒に格子をのぞき込む。

「ここは、娘さんが来るところじゃないよ。働きたいなら、裏にお回り」

籬の中で番をする遣手婆《やりてばばあ》らしき女から、たしなめられた。

「先を急ぎましょうぜ。このあたりにいるらしいお峰さんを、早いところ捜さなくちゃならねえから」

火元となった小料理屋を営んでいたお峰という女が、門前仲町の岡場所にいるらしいと聞きつけてやってきたのである。

茶屋のお咲という娘からは、門前町にいるとだけ聞いていた。だが、深川で門前町と名がつくところは、門前山本町、門前町、そして深川永代寺門前仲町と範囲が広い。

政吉は知り合いを頼って、門前町と名のつくところを訪ね歩いた。すると、ある男から「――お峰に似た女が、仲町で芸者をしている」と、聞き出した。だが、どこの置屋かまでは分からない。岡場所の中は遊女ばかりでない。深川芸者、別称辰巳芸者《たつみげいしゃ》も、廓の中では客の遊び相手として数多くいる。

芸者のことを調べるには、芸妓《げいぎ》の管理をする見番《けんばん》で訊くのが手っ取り早い。まずは、傾城町《けいせいまち》の一角にある見番を訪ねて、お峰の所在を訊いた。しかし、お峰という名には心当たりがないという。

今川町の火元から逃げている身としては、本名を明かすことはないだろうと、亀治郎は得心をした。

「ただぶらぶらと、闇雲《やみくも》に歩いててもしょうがねえべな」

門前仲町には、娼妓が四百七十人、芸者は二百六十人いるといわれている。江戸市中で最大の岡場所であった。お峰という名からでは、糸口がつかめない。しかし、楼閣《ろうかく》を一軒一軒当たるのでは、かなりの難儀だ。しかも、鶴姫と亀治郎は、顔さえも知らないのだ。頼りになるのは、お峰を知っている政吉だけである。だが、どの芸者も顔に白塗の化粧を施し、素顔を晒《さら》している者はいない。

「顔を真っ白く塗って、誰が誰だか分からねえんでは？　槻山の芸者は、みんなそうだけんど」

亀治郎が、国元武州槻山の城下に、たった一軒ある置屋の芸者たちの顔を思い出して言った。

「まったく素顔は分からねえからな、騙《だま》されることもあるべよ」

宴席に呼ぶと、六十をかなり過ぎている齢《とし》のいった芸妓がときたま交じることもある。

「それが、辰巳芸者に限ってそうではねえんで。昔から、薄化粧で……」

辰巳芸者は男羽織を纏《まと》い、源氏名は男名前で、粋と気風《きっぷ》が売り物としているのが他所《よそ》と違うところだと、政吉は言う。

「だから、お峰さんの顔を見りゃ分かりまさあ」

自信ありげな、政吉の口ぶりであった。

四

遠く、正午を報せる鐘の音が聞こえてきた。

「おなかが空いたのう、与与……」

さっき今川町の甘味茶屋で、団子を食したばかりである。

「もう腹が減ったんか、お鶴ちゃんは？」

「お団子は、別腹《べつばら》じゃ」

周囲を見渡したところ、酒を出す小料理屋といわれる店が軒を並べている。夜の客を相手にするためか、どこも暖簾が下りていない。ぶらぶらと歩くうちに、ようやく一軒、縄暖簾がかかっている店を見つけた。

軒からぶら下がっている赤提灯《あかちょうちん》には『ひさご』と書かれてあった。

「酒は呑まねえけど、何か食うものぐれえあるべよ」

そこに入ろうと、三人と一匹は足を向けた。

閉まっている升格子《ますごうし》の腰高障子を、政吉が開けようとしたときであった。

「てめえ、ぶっ殺してやる！」

店の中から物騒な怒鳴り声が聞こえ、政吉は引き戸から手を離した。

「武士を愚弄《ぐろう》するとは……そこになおれ！」

町人と侍の喧嘩《けんか》に聞こえる。亀治郎と政吉は、障子戸をいく分開いて中の様子をうかがった。

一人の侍が刀を抜いている。

「こりゃいけねえな」

亀治郎が仲裁に入ろうと、引き戸に手をかけたところで、

「喧嘩なら、外でやっておくれ！」

女将らしき、女の声が聞こえた。

「表に出ろい。そんな段平《だんびら》、おっかなくてお天道様が拝めるかってんだ」

町人の強がりに、侍が応じる。

「よし、外に出ろ。無礼討ちにいたす。覚悟しろ」

亀治郎は、鶴姫を護るように後ずさりした。すると引き戸が開いて、まずは侍が出てきた。

四人もいる。

あとから遊び人らしき、威勢のよい町人が一人出てきた。

四人の侍が町人を取り囲むと、そろって鞘から白刃《はくじん》を晒した。

「刀を抜いたぞえ」

鶴姫は、地べたにいる与与丸を抱え上げ、様子をうかがった。

「どうかしたんだべか、政吉さん？」

亀治郎がふと政吉を見ると、仰天の表情で半分口を開けている。

「あいつ……」

と言って、その先の言葉が出ない。

「知ってる男だべか?」

「ええ。半次郎《はんじろう》って、俺とは餓鬼のころのダチですぜ。あの野郎、侍相手に喧嘩してやがる、それも四人相手に」

亀治郎の問いに、政吉は答えた。

「あのままじゃ、殺されちまう」

政吉が不安を漏らすも、半次郎の口は止まらない。

「二本差しがおっかなくて、鰻《うなぎ》が食えるかってんだ。侍だったら、呑み代くれえきっぱりと払いやがれ。この、すっとこどっこい!」

かなり辛辣《しんらつ》な言葉を、侍たちに浴びせている。

「言わせておけば……」

顔を真っ赤にさせて、侍たちは怒り心頭だ。

「それにしたって、町人一人を相手に、四人で刀を抜くことはねえべな」

「亀治郎、なんとかならぬかの?」

鶴姫が、亀治郎の背中を押す。

「止めなきゃ、しょうがねえべ」

野次馬が周囲を取り囲んでいる。その中に仲裁をしようとする者は、誰もいない。ならばと亀治郎は肚《はら》を固めた。

足を踏み出すのに、亀治郎はいく分かの間を作った。それはためらいではなく、一人で四人の侍を相手にするには、剣の力量を見極めなくてはならないからだ。

「どうした亀治郎、怖気《おじけ》づいたのか？」

「違うべよ、お鶴ちゃん。あの侍たちは、すぐには刀を振り下ろせねえと見た。あれなら、拙者でも相手にできそうだ」

おおよその相手の力量は計れた。それと、政吉の幼友だちであることも、亀治郎をあと押しする。

「ちょっと、お鶴ちゃんを護っててくれ」

政吉に言い残すと、亀治郎は侍たちの背後に回った。

「こんな往来で、侍が四人そろって刀を抜くなんて、どうかしてるんでねえべか？」

背後から声をかけ、侍たちの気を亀治郎は自分に向けさせた。

四人が一斉に振り向く。

その隙に、政吉は半次郎を手招きした。これで侍たちの相手は、亀治郎一人に代わった。

四人とも亀治郎と似たような、下級武士の形《なり》である。浅葱裏《あさぎうら》の羽織と平袴《ひらばかま》で、大名家か旗本の家臣と思われる。

昼酒を呑んで、足元が危うい。酔いに任せての殺気だけは充分に感じられる。

酒癖が悪そうな四人を相手に、亀治郎は下腹に力を入れた。

「拙者が相手になるべよ」

声をかけたが、亀治郎はまだ刀を抜かない。

「なんだ、おまえは？　やっこそうな野郎だな」

「相手になるべよだって……どこの言葉だ、そりゃ？」

薄ら笑いを浮かべながら、口々に亀治郎を罵《ののし》る。

なで肩の貧相な体格と、軟弱そうな面相に加え、発する言葉に迫力がない。

四人は完全に亀治郎を見下《みくだ》している。

「町人よりも、この田舎侍を相手にしたほうがおもしろいんじゃねえか」

「そうだな。みんなして、いたぶってやろうぞ。それにしてもこんな貧弱な形で、よく俺たちを相手にしようなどと思ったもんだな」

「どこの山猿だこいつは？」

「なんだか、肥やし臭《くせ》えな。田舎もんが深川なんかに来るんじゃねえ。畑で肥やしでも撒《ま》いてろってんだ」

それぞれ好き勝手な罵詈雑言《ばりぞうごん》を吐きながら、四人は亀治郎を四方から取り囲んだ。

「……カチンと来たべな」

一言一言が、亀治郎の怒りを増幅させた。

「大丈夫か、亀治郎さん」

政吉が、心配そうに鶴姫に話しかけた。

「黙って、見ておれ」

鶴姫は、丸い顔に笑みさえ浮かべている。

四人そろって、刀の鋒《きっさき》を天に向けた八双《はっそう》の構えである。

左足を半歩前に繰り出し、袈裟懸《けさが》けに斬り下ろそうとする、攻撃を意識した体勢である。だが、亀治郎は刀を抜かない。柄《つか》に手さえ触れずに一回りして、四人との間合いを計っている。四人の中で、一番剣の腕が立ちそうな者を見定めた。

「……こいつだな」

一人だけ、鋒に震えがない者がいる。あとの三人は、カタカタと茎《なかご》の鳴る音がする。柄と刀剣を一体にする目釘《めくぎ》が緩んでいる証《あかし》である。

亀治郎は、動きを止めた。

野次馬も固唾《かたず》を呑み、誰も言葉を発する者はいない。あたりは静寂が支配している。

亀治郎の右足が、間合いに入った瞬間であった。

亀治郎は鯉口《こいぐち》を切り、柄を握ると閃光瞬《またた》く間に、上段から大刀を振り下ろした。

スパッと、物を斬り裂く音がした。

羽織紐、小袖の角帯、そして袴の前紐が一刀で裂かれ、中着の襦袢《じゅばん》が晒される。

大刀の鞘と脇差が、地面に落ちて転がっている。そしていく分間をおくと、襦絆を締める留紐が、ハラリと下に落ち小袖と共に肌蹴《はだけ》た。

『示幻真影流《じげんしんかげりゅう》』は、目にも留まらぬ速さの居合いを極意として、流派の名がついている。

亀治郎の刃の鋒は、腹の皮の手前、一分一厘をかすめていた。

肌蹴た着物から、褌《ふんどし》の前垂れが見え隠れする。

「もう一太刀振って、その汚ねえ褌も落としてやんべか」

侍たちの顔色は、酔いの赤から血の気が引いて真っ青に変わっている。

「おっ、覚えておれ」

捨て台詞《ぜりふ》が震えている。

地べたに落ちた物を拾いあげると、四人の侍は逃げるように立ち去っていった。

それと同時に、あたりにやんやの喚声が沸き上がった。

「久しぶりに見たのう、亀治郎の居合い抜き。与与、凄かったのう」

「ワン」

と、与与丸の返事があった。

五

何事もなかったように、一行はひさごの暖簾を潜った。

半次郎も、うしろについてきている。

「おかげで、助かりました」

店に入ると、三十歳半ばの女将が頭を下げた。

「いや、怪我《けが》はなかったべか？」

「おかげさまで、嫌な奴らを追い払うことができました。ほんと、お侍さまはお強い」

店の中から一部始終を見ていたと、女将は言った。

「そりゃよかったべ」

もしかしたら、それがお峰かと亀治郎は思ったが、政吉の顔には何も変化がない。

女将の目が、鶴姫に向いた。

「おや、犬を連れた娘さんもご一緒に。でも、なぜにこんなところに……？」

与与丸を抱いた鶴姫を見て、訝《いぶか》しげな顔をしている。岡場所に犬を抱いた町人の娘など、門前仲町では一度も見たことない。そんなことを言いたげな表情であった。

「犬を連れてたっていいだろ、お常《つね》」

半次郎が取り持ってくれた。女将を名で呼ぶところは、かなり親密な仲である。

「ええ、どうぞどうぞ。よくいらっしゃいました」

お常と呼ばれた女将が上機嫌で迎え入れた。

ちょうど四、五人座れる小上がりが空いている。先ほどまで、四人の侍が座っていたところだと半次郎が言った。

「いや、お侍さんすげえ腕をしてますねえ。おかげで助かりやした」

「とんでもねえべ」

半次郎の礼に、亀治郎は一言うなずきながら答えた。

「亀治郎さんがいなけりゃ、おめえは今ごろお陀仏《だぶつ》だった」

「ああ、助かったぜ」

「それにしても半次郎とは八年ぶりだな」

「ああ、しばらくぶりだ。狭い深川にいても、顔を合わすことはなかったからな」

「ああ。生きる道が違っちゃしょうがあるめえ」

そこにお常が近づき、話しかけてきた。

「おまえさん、注文を取っておくれな。きょうはあたしの奢《おご》りですから、なんでもご注文くださいさい。娘さん、お好きなものはなに？」

お常が鶴姫に、愛想のよい顔を向けた。

「俺が訊いておくから、ちょっと待ってろ」

半次郎が女将を下がらせる。

「おまえさんて言ってたな。するてえと、半次郎は今……？」

「あの女の世話になって、もう、五年が経つ。ここの用心棒みてえなもんだ。そんなんで、あんな客が来たら俺が追い払う役目だ」

旧交を温める男たちの話を、亀治郎は細目を向けて聞いている。

政吉と半次郎は、深川で育った幼馴染《おさなな じ》みであった。政吉は木場の職人、半次郎はやくざとなって、互いの道は分かれていた。そして半次郎の今は、女の稼《かせ》ぎで飯を食う、他人《ひと》が羨《うらや》む遊び人であった。

「ところで政吉は、なんでこんなところに来たんだ？　一度も来たことがねえうえに娘さんまで連れてよ」

「それについちゃ、半次郎に訊きてえことがある」

政吉が居住まいを正して、体ごと半次郎に向けた。

「半次郎は、今川町で起きた火事を知ってるよな？」

「当たりめえだろ。門前仲町にも火の粉《こ》が飛んで来ねえかと、あれはやばかったな。俺は、外に出てずっと見てた。幸か不幸か、深川の一部で止まったがな。そうだ、何か注文……まずは酒を……」

「いや、酒はいいべ。人を捜してるんでな、飯だけ食いてえ」

「だったら、娘さんは何を？」

品書きが壁に並べて書かれてある。鶴姫は眺め回して選ぶも、みな酒の肴《さかな》である。

「そうじゃのう、わらわは……」

初めて鶴姫が口を開き、それを半次郎は首を傾げて聞いている。

「……わらわって。なんだ、この娘さんは？」

半次郎の呟きは、鶴姫には聞こえていない。壁の品書きに、気が向いているからだ。亀治郎と政吉には聞こえ、二人ともにやにや笑いを浮かべている。

「そうじゃ、あそこに『くさや』とあるの。あれを頼もうかの」

「あれは、娘さんの食うもんじゃありやせんぜ。それと、そこらの娘とちょっと言葉が……」

「いいのじゃ、そんなこと気にするでない」

「この娘さんは、お鶴ちゃんといってな……半次郎、身元は気にするな」

「分かったよ」

政吉の言葉に、半次郎は事情を察したかのように小さなうなずきを見せた。余計なことは訊かないのが江戸っ子の意気だと。

「そして、このお侍は亀治郎さんていうんで」

「見かけによらず……いや、ご無礼を言いやした」

「いいべよ。拙者の形《なり》と言葉を聞きゃ、誰だっておかしく思うべからな」

「おかしいなんて、とんでもねえ。いや、あっしは亀治郎さんの子分になりてえぐれえだ」

「だったら半次郎、おめえは俺の弟分てことになるぞ」

「拙者は誰の親分にもなりはしねえ。だいいち、齢《とし》は政吉さんのほうがずっと上だべ。そいつは、勘弁してくれ」

亀治郎が、首を左右に振って苦笑《にがわら》いした。そこに鶴姫が、割って入る。

「みんな、お仲間じゃ」

「あっしも、仲間に入れてもらえんので？」

半次郎が、自分を指さして言った。

「あたりまえじゃ」

「だったら、あたしも……常といいますので、よろしく」

いつの間にか、女将も土間に立っている。注文が遅いと、取りにきたのであった。

くさやはよせと言われるも、鶴姫はそれにご飯をつけてと頼んだ。みんなが反対するからこそ、鶴姫は余計にくさやが何かを知りたくなった。

「くさやってどんなもんじゃろうのう。与与、楽しみじゃの」

傍《かたわ》らに座る与与丸に、鶴姫は笑いかけた。

町屋で、また新しい仲間が増えた。これは鶴姫にとって、この上ない喜びであった。

だが、喜んでばかりではいられない。大事なお仕事でここに来ているのだ。

「さっき、亀治郎さんが人を捜してるって言ったけど、誰をだ。それと、どんな事情《わけ》があるんで？」

半次郎の問いが、政吉に向いた。

「今川町の火事で、火元となった……」

政吉が、今川町の火事の一件を語った。

「お峰って名の女将が今じゃ、門仲《もんなか》で芸者になってるって聞きつけてな……」

「それで、門仲《ここ》に捜しに来たってわけか。だが、お峰ってだけじゃ分からねえな」

そこに、女将のお常が焼いたくさやを運んできた。それと同時に与与丸が立ち上がり、逃げるようにして駆け出した。

「与与、どうしたのじゃ。何か臭《にお》うけど、うんちでもしたのか？」

「うんちじゃなくて、くさやの臭いですよお鶴ちゃん。少し臭《くさ》いですけど、おいしいから召し上がれ」

お常が、苦笑いを浮かべながら鶴姫に話しかけた。そして鶴姫は、千切ってあるくさやに箸《はし》をつけた。

「変な臭いじゃけど、うん、これはおいしい。与与、すごい美味じゃぞ」

ようやく与与丸は、鶴姫のもとに戻った。千切ったくさやを与えられると、ガツガツと食べはじめた。

半次郎が話を引き戻し、お常に訊く。

「お常、お峰って女知っているか？　門仲で芸者になったらしいんだが」

「お峰……それだったら、春吉姐《はるきちねえ》さんのことだよ」

「なんだと。春吉の本名はお峰ってのか？」

「そうだけど、春吉姐さんになんの用事があるんだい？」

「いや、政吉に知ってるかって訊かれたんでな」

半次郎が返したところで、酒をつけてくれと他の客の声がかかった。

「はいよ。ちょっと、待ってくださいな……春吉姐さんなら三浦屋さんにいるよ」

口早に言ってお常は、他の客のところへと向かった。

なんてことはない、最初からお常に訊ねていたらすぐに知れたことだ。

「……居合い抜きまでして、ここまでずいぶんと手間がかかったもんだな」

苦笑いを浮かべながら、亀治郎が小声で呟いた。


居所が知れたからには、ゆっくりとはしていられない。

半次郎が取り持てば、三浦屋という芸者置屋にいるお峰と会えると言われ、三人は急いで昼餉《ひるげ》を済ませた。

ご馳走《ちそう》になったとお常に礼を言い、ひさごをあとにする。五十歩も歩いたところ、三浦屋の店先に立った。

三浦屋と白く抜かれた群青色《ぐんじょういろ》の長暖簾を掻《か》き分け、半次郎が入った。三人と一匹は、外で待つことにした。耳を澄ますと、中から話し声が聞こえてくる。

「春吉姐さんはいるかい？」

「まだ、出てきてねえ。家で寝てるんじゃねえかな。春吉に何か用かい？」

「姐さんに会いてえって人たちを連れてきたんだが……」

「誰だい？」

三浦屋の亭主の口調は、警戒しているように聞こえる。

「怪しい者じゃねえんで。あっしの仲間ってところだ。かわいいお嬢も交じってるぜ」

「そうかい。だが、ここにはまだ来てねえ」

「いつごろ来る？」

「いつもは、昼八ツごろになるな」

あと、半刻《はんとき》近くもある。半次郎は、春吉の住処《すみか》を訊いた。

「すまねえけど、芸者の住まいは教えられねえ。いくら半次郎でもな。以前、間《ま》違《ちげ》えがあってから、それが門仲《ここ》の決まりとなってるんでな」

決まりとあれば、無理に曲げることはできない。どこかで、半刻を潰そうということになった。

　岡場所を、ぶらぶらしていても仕方がない。

　座って待てるところは、小料理屋のひさごである。一行は戻って半刻の時を過ごすことにした。

「あら、戻ってきたの？　春吉姐さんに会えなかったんだ」

　お常が、笑顔でもって迎え入れた。

「でも、春吉……いや、お峰さんになんの用なの？」

　客がいなくなったので、お常も話に加わった。そういえば、半次郎にも詳しく話はしていない。これまでの経緯をうまく語れるのは、政吉である。

「話しても、いいですかい？」

「ええ、もちろんじゃとも」

　政吉のうかがいに、鶴姫がうなずいて答えた。

「ちょっと待て、政吉」

　半次郎は立ち上がると、表に出て縄暖簾を外した。店に、客を入れさせないためだ。

「これで、ゆっくりと話ができる」

長床几に腰をかけ、五人がひと塊《かたまり》となった。

六

四半刻をかけて、政吉の口から秋田屋惣衛門のことが語られた。

「そんなんで今、秋田屋の旦那さんは茅場町の大番屋に捕らえられている。なんとか、救い出してえと、お鶴ちゃんと亀治郎さんが奮闘してるってわけだ」

「なるほど、大変なことになってるんだねえ」

お常が神妙な面持ちで言った。

「ところで、お鶴ちゃんたちは秋田屋の旦那さんとどんな関わりがあるんだい？なんだか、普通の家の娘さんじゃないように思えるけど。それと、亀治郎さんは、お鶴ちゃんのご家来のようだし」

「拙者は、お鶴ちゃんの用心棒だべよ」

「その言葉って、どちらの方言なんです？」

「武州は槻山ってところだ。江戸からは六、七里ってところで、そんなに遠くはねえべ。だけんど、田舎だ」

「でも、いいお人ばかりでのう、とてもよいところじゃ。のう、与与も一緒に行ったことがあるのお」

半年ほど前、鶴姫も与与丸を連れて武州槻山に出向いたことがある。そのときはまだ、大谷忠信に輿入れする前であった。そこでの騒動を思い出して、鶴姫はクスリと笑った。与与丸も「ワン」と一吠え答える。

「まあお常、根掘り葉掘り身元を詮索《せんさく》するんじゃねえ」

「でも、秋田屋の旦那さんとの関わりを知らなきゃ、あたしらもどうしていいのか分からないじゃないか」

「別に、隠し立てすることはねえべよ。拙者から話をするべ」

亀治郎は、鶴姫の身元を明かして、惣衛門の娘であるお波との関わりを武州弁で語った。二万両のことは伏せた。

「そんなんで、お忍びの江戸見物に出たら、こんなことになっちまったってわけだべよ」

「それじゃ、お鶴ちゃんは娘さんではなく奥方様ってこと?」

「いや、わらわは鶴姫じゃ。鶴はまだ、十六じゃからの」

「お鶴ちゃん、姫様はいつまでたっても姫様だからな。ああ、嫁《とつ》いでも、婆さんになっても、姫は姫だべよ」

だから、姫様のお忍びといってもなんら差し支えない。

「それでお峰さんに会って、火事の真相を知りたいってのね。あたしらも、なんとか秋田屋の旦那さんを救いたいもんだね、あんた」

「ああ。鶴姫……いや、お鶴ちゃんと亀治郎さんがいなかったら、俺は今この世にはいねえ。その恩義に、報いてえもんだ」

　半次郎の感慨深い口調であった。

「三浦屋の春吉姐さんが、お峰さんであると知ってるのは、門仲でも三浦屋の亭主とあたしだけなんだよ。ああ、あんたにも黙っていたことさ」

　お常が、思わぬことを口にしはじめた。深い事情を知っているようだと、鶴姫と亀治郎は、お常の顔を注視した。よく見ると三十代も半ばで、目尻に鴉《からす》の足跡といわれる小さな皺が刻まれている。聞いているお峰の齢《とし》と、同じほどの年代であろう。

「実は、お峰さんとあたしは幼馴染《おさななじ》みでね、あんたと政吉さんの仲みたいなもんさ。あたしは門仲で、お峰さんは今川町で小料理屋をはじめた。どっちが儲かるかなんて、最初は競ったものさ。もう、十年にもなるかねえ」

「そんなダチがいるなんて、知らなかったな」

「悪かったよ、あんたに黙ってて。五年も会ってなかったから、別に言うこともないと思ってね。ところで火事のあったあの夜、お峰さんが真っ青な顔をして訪ねてきたのさ。今川町の火事の火元だって、かなりうろたえてたね。怖くなって、逃げてきたと言うじゃないか」

お常はそのとき、逃げては駄目だと諭《さと》したが、お峰にある覚悟を感じてそれ以上強くは言えなかったという。

「お峰さんをそのまま独りにさせたら、大川に身を投げると感じたのさ。そんなんで、とにかく落ち着かせようと一晩匿《かくま》った」

長い話に、お常は一区切り入れたが、みな黙ってその先に耳を傾けている。

「そんなお峰さんが朝になって『あたし、芸者に戻ろうかしら』って言うんだよ。お峰さんは若いころ、洲崎《すざき》で芸者をしていたことがあってね。今でも、小股《こまた》の切れ上がったいい女さ。女のあたしから見たって惚れ惚れするくらいだよ。そんなんで置屋の三浦屋の旦那さんに頼み込んだのさ」

「そんなことがあったなんて、知らなかったな」

半次郎が、水臭いと舌打ちをする。

「ごめんよ。あの夜、あんたは火事を見にいって、その夜一晩帰ってこなかったから。別に、内緒にしておくつもりはなかったけど、話すこともないと思ってね」

「まあ、今さら何を言ってもいいやな。それに、お常の言うことも分かる気がすら」

半次郎は得心したか、真顔である。

「しかし、逃げ回っているってのに、よく今まで誰にもばれずにいたな。同じ逃げるのなら、深川の土地から遠く離れるもんだろうに」

半次郎の問いは的を射ていると、誰しもがうなずきを見せた。

「辰巳芸者はいくら薄化粧といっても、素顔を隠すくらいはできるさ。でも、あたしも不思議に思ってることがあるんだよ」

「不思議に思ってるってのは、なんだべ？」

亀治郎が、眉間に皺を寄せて訊いた。

「お峰さんが深川を離れないのは、逃げ回っているのではなくほかに理由《わけ》があるのではないかと」

「わけってなんじゃ？」

鶴姫が、与与丸の頭を撫でながら問うた。

「芸者に戻りたいって言ったのは、お峰さんからでしょ。一晩経ったら、気持ちもかなり落ち着いてきていてね。どうして芸者にって訊くと……」

ここでお常の言葉が切れて、いく分かの間ができた。

「どうした、何かあったのか？」

半次郎が、お常の話を急かした。

「たった一言『今は言えない』って言ったのさ」

「今は言えないってか……どんなことだんべ？」

その一言に深い事情を感じた亀治郎は、身を乗り出すようにして訊いた。

「それは、あたしには分からないけど。そこのところを、会ったら訊けばいいいんじゃない」

お常の話に、亀治郎が腕を組み、考える仕草となった。

「何を考えているのじゃ？」

「いやな、お峰さんが辰巳芸者になったのと、春先の火事に何か関わりがあると思えてきたんだ。こいつは、ますますお峰さんに会いたくなったな」

そこをつき止めれば、惣衛門を救い出せるかもしれない。だが、茅場町の大番屋では、惣衛門への吟味がはじまろうとしている。

三浦屋を訪ねてから、およそ半刻が経った。

遠くから、昼八ツを報せる鐘の音が聞こえてきた。そろそろ行ってみるかと、四人の腰が上がった。

「与与丸ちゃんは、置いていったらどう？」

置屋に、犬連れで行くのもはばかれる。夕方まで中休みに入るので、与与丸の面倒を見るとお常が言ってくれた。

「与与、大人しくして待っておれ」

鶴姫の言いつけを聞き、与与丸は長床几の上で丸くなった。

ひさごを出て、三浦屋へと向かう。すると、反対側から黒羽織を着た女が歩いてくる。家で化粧を施してくるのか、色が白く見える。素顔のお峰は、いく分色黒だと政吉は言っていた。

「……もしかしたら」

お峰の素顔を知っている政吉が早足となって、女に近づいていった。三浦屋を通り越したところで、

「お峰さん……」

聞こえるほどの小さな声音で、政吉は名を口にした。すると、驚いた表情を見せて女が立ち止まる。

「やっぱり、お峰さんだ」

政吉も立ち止まって、二人は向かい合った。

「あっしの顔を覚えてますかい？」

無言で女は小さくうなずいた。だが、政吉に警戒の目を向けている。

「捜しやしたぜ」

政吉の言葉に、お峰の体は小刻みに震えている。恐怖を感じているのが、端からも感じられる。

「何も怯《おび》えなくてもよろしいんですぜ。火事のことをとやかく言いに来たんじゃねえですから」

「だったら、何を……？」

ようやくお峰の口から、言葉が漏れた。

「あそこに、黄八丈を着た娘さんとお侍が立っているでしょう？」

政吉は、十間《けん》ほど離れたところに立っている三人に顔を向けた。釣られるように、お峰も顔を向けた。

「もう一人は、半次郎さんじゃない？」

お峰と半次郎は、お互いの顔を知っている。だが、半次郎は春吉がお峰であることを、さっきまで知らなかった。

「ああ、そうだ。お峰さんが春吉姐さんだと知ったのは、お常さんから聞いた」

すると、お峰の眉間にお常を責めるかのような縦皺が一本刻まれた。

「ちょっと待ってくれ。お常さんは、悪気があって言ったんじゃねえ。あの火事で今、無実の罪で捕らえられている人がいる。どうしても、その人を救いてえってことで、あの娘さんたちは動いてるんだ。ああ、火事の真相を知りたくてな。俺もあの火事で、かかあと娘の命を奪われた。だけど、お峰さんを怨んでなんかいやしねえよ」

政吉の言葉が通じたか、お峰が小さくうなずきを見せた。

「よかったら、詳しい話を聞かせちゃくれねえか？　お峰さんも事情を抱えてるみてえだし、力になるぜ」

「分かりました」

お峰の話は、三浦屋の一部屋を借りて聞くことにした。

七

門前仲町の花街は、楼閣《ろうかく》ばかりでない。高級料亭なども多く店を構えている。辰巳芸者は、そんな料亭からの引き合いでお座敷を務める。

それまで、一刻ほど置屋でのんびり過ごすという。お座敷に出るまでまだ間があるので、話を聞くのにありがたかった。

お峰が辰巳芸者になった経緯は、お常から聞いていたことと同じであった。だが、その理由を聞くまでには至っていない。

いろいろ訊く前に、鶴姫と亀治郎の身元を明かして信用させなくてはならない。

政吉の口から二人の素性を知らされると、お峰は目を瞬《しばたた》かせて驚きの表情を作った。

「鶴と申す。よしなにの。お鶴ちゃんと呼んでたもれ」

「拙者は、小坂亀治郎ってんだ。お峰さん、忙しいところすまなかったべな」

深川の岡場所では滅多に耳にしない鶴姫と亀治郎二人の言葉遣いが、お峰の心を和ませたのか、眉間の縦皺は消えている。

「手前は春吉……いえ、峰と申します。本当に、お鶴ちゃんと呼んでよろしいのですか？」

「ええ、もちろんじゃとも」

お峰の表情は柔和そのもので、先ほどまでの警戒心はどこへやら。

ようやく話は、火事の一件へと入る。

「火事のことで、知ってることを教えてくれやせんか？」

まずは、政吉が訊ねた。

本題に入ると、お峰の表情に緊張が走った。

「お峰さんは、秋田屋って材木問屋を知ってやすかい？」

ここでは春吉ではなく、お峰で通す。一つずつ、解きほぐすように政吉が問う。

「ええ、もちろん。深川でも五本の指に入る大店《おおだな》ですもの、知ってるどころではありません。惣衛門さんには以前、洲崎《すざき》で芸者をしていたころ、いく度かお座敷に呼んでいただいたことがあります」

「その惣衛門さんが、あの今川町の火付けの廉《かど》で捕らえられてるってのを……」

「なんですって!?」

お峰は驚きと疑問が混ざった顔で、頓狂《とんきょう》な声を発した。その表情を、亀治郎は目を逸《そ》らすことなく見やっている。

「ああ。南町の御番所では、今川町の火事は惣衛門さんの仕業だと踏んでるようだ」

「それじゃあ……」

政吉とお峰のやり取りを、脇に座る鶴姫が興味深げに聞いている。反面、お峰の表情は強張《こわば》り、恐々とした目をしている。

亀治郎は、ずっと首を傾げながら聞き耳を立てていた。そして、お峰に問う。

「大火事を出して、お峰さんはすぐに逃げて、お常さんのところに転がり込んだってことだよな。そして、次の日には辰巳芸者となって三浦屋さんの厄介になっている。そこがどうも、解《げ》せねえんだべよ」

「何が解せないのじゃ？」

考えに耽《ふけ》る亀治郎に、鶴姫が問うた。

「なんで遠くに逃げねえで、こんな近くにいるんだ？　それとだ、奉行所だって火事のことで詳しく話を聞きてえべよ。だってのに、なんでお峰さんをそのままにしてんだ？　こんな近くにいるってのに、捜し出せねえってのもおかしいんじゃねえべか。拙者らだって、たった半日でお峰さんを捜し出せたってのによ」

「そういえば、そうじゃの。わらわも、おかしいと思ったべよ」

鶴姫の口から、武州弁が漏れた。

それに頓着《とんちゃく》なく、亀治郎の話がつづく。鶴姫も、真面目《まじめ》な顔をして考えに耽る。

「拙者は、一度だけ惣衛門さんに会ったけど、あのお方は火付けなどする人じゃねえと見てる。政吉さんだって、そう思ったんじゃねえか？」

自分だけ喋ってはなんだと、政吉に話を促した。

「実は俺も、きのう冬木町の鞘番屋で惣衛門さんと同じ牢屋に入れられててな……」

「わらわも一緒じゃった」

鶴姫が、口を挟んだ。

「えっ、お鶴ちゃんもかい？」

お峰の驚く顔が向いた。それを見て政吉が、ぐっと身を乗り出した。

「それだけみんな、惣衛門の旦那を助けようと必死なんだ。この俺も、最初は旦那の仕業と疑ったが、やはりそうじゃねえ。あの人には、以前えれえ世話になったからな。それとさっきも言ったが、火元となったお峰さんを怨もうなんて思っていねえ。それよっか、どうもあの火事には何かからくりがあると思った俺は、ここにいるお鶴ちゃんと一緒に本当のことを知りたくなった。かかあのお光と娘のお福の命を奪った火事だぜ、許すわけにはいかねえ。俺は話に乗ることにしたんだ」

普段は寡黙《かもく》な男である。その政吉が、口から唾を飛ばしながら、一気に語った。

政吉の話に、意を決したようにお峰が話しはじめる。

「あたしもね、深川を出なかったのは、あの火事は自分の落ち度ではないと思っているからですよ」

「すると、お峰さんも誰かの仕業だと思ってるんだべか？」

「ええ。悔しいじゃないですか、自分が火元だと責められるのは。門仲で芸者になったのはそのため。火を付けたのは、絶対にあいつらに違いない」

お峰の言葉が、核心に触れる。聞き逃すまいと、亀治郎は指で耳をほじくり、聞こえをよくした。鶴姫と政吉の目も、お峰に注がれている。

「火事の出たあの夜。偉そうなお武家とその中間《ちゆうげん》らしき男が、最後まで残っていてね。小上がりで酒を呑んでて、あたしが最後の注文を取りにいったのさ。すると、あたしが近づいたのも知らず、こんなことを話してる」

お峰の顔が上を向き、その時の様子を思い出しながら語る。

「――二万両も出す材木屋ってどこなんです？」

中間らしき男の問いが、武家に振られた。

「お前は、そんなこと知らなくていい。言われたことだけやりゃいいんだ」

「へい、すいやせん。それにしても御手伝い……」

「おい、喋るのはいい加減にしろ。それよりか、これから門仲に繰り出すぞ」


お峰が近づくのが目に入ったか、聞こえた話はそこまでであった。

亀治郎は、お峰の話を首を傾げながら聞いていた。

「するとお峰さんは、その夜の客であったお武家と中間が、いつかは門仲《ここ》に来るだろうと思い、芸者となって待っていたのだべか？」

「ええ、そう。門仲といえば、ここしかないですから」

思い込んだように、お峰は言う。

「お峰さんは、火事の原因が煙草の火だってことは知ってるんだべか？」

「いえ。でも、誰からそれを？」

「きのう、本所方与力から聞いた。投げ文があって……」

与力の皆川から聞いた話を、亀治郎が語る。

「小上がりにある尻の下に敷くしとねに、煙草の火種を落としたってことだ。これは下手人しか知り得ぬことだんべ。そうなると実行したのは、最後まで残っていたお武家と中間ってのに間違いねえ」

——はたして、それらが何者なのか？

ようやく真相の淵まで辿《たど》り着いた。

「あの敷物に煙草の火を落としていたなんて、そこまでは、あたしも知りませんでした。店を閉めてからなのね、燃え出したのは……」

「そうして、失火に見せかけたってわけか。ずいぶんと、手の込んだことを……」

亀治郎が、小さくうなずいたところであった。

「ちょっと待ってくれ、亀治郎さん」

政吉が話の途中で割って入った。

「もし、誰かを嵌《は》めようとした火付けなら、なぜすぐに訴え出なかったので？　八月《やつき》以上も経ってから、あれは秋田屋惣衛門さんの仕業と、訴え出るのもおかしなもんじゃねえですかい」

「そこなんだよな、腑《ふ》に落ちねえのは。拙者もそれを考えていた」

「いや、ちょっと待て亀治郎」

鶴姫も話に割って入る。

「お鶴ちゃん、何か浮かんだか？　いったいどんなことなのか、聞かせてくれ」

「ええ、おそらくこういうこと……」

鶴姫は誰も口に出せないことをいとも平気で語りはじめた。

「これは、どこかのお大名家が仕組んだことなのじゃ。大谷家みたいな貧しいお大名に、お金を出せと言った幕府が一番いけないのじゃ」

鶴姫の頭の中では、二万両と御手伝いという二つの言葉が重なって、一気に幕府と結びついてしまったようだ。

「お鶴ちゃん、滅多なことは言わねえほうが……」

半次郎が慌てた。町人たちは凍りついたように顔が青ざめている。どんなに無頼でも、幕府の悪口を人前で、平然と言える者はいない。即刻打ち首となるのを恐れているからだ。

「いいのじゃ。どれほど大名家が困っているのか、爺《じっ》ちゃんに……」

「お鶴ちゃん、そいつも絶対言っちゃ駄目だべ」

今度は亀治郎が、慌てて止めた。

「爺ちゃんて誰だい？」

政吉が問うた。

「誰だっていいべ。それより、お鶴ちゃんの言ったことは的を射てるべな。幕府はともかくとして、どこかのお大名がこの件に絡《から》んでいそうだってことだんべ」

亀治郎が得心したように、うなずきながら言った。

「そうだ、もしかしたら……？」

ひとこと発して、お峰が思い出しながら再び語りはじめる。

「あれは一年前だったから、去年の今ごろかね……。あたしがやっていた今川町の店にね、顔を見たこともない多分、お店者《たなもの》と、もう一人は身分の高そうなお侍さんの、二人連れが客として来たのさ。商人《あきんど》とお侍では、変な取り合わせだなと思ったんだけど、つまらない詮索はしないのがあたしらの商《あきな》いさ。もちろん、二人の名など知りはしないし、訊こうともしない。どうせ、一見《いちげん》の客だろうしさ」

その話が火事とどんな関わりがあるのか、場にいる全員お峰の語りに耳を澄ましている。

大柄の商人は四十歳前後で大店《おおだな》の番頭を思わせる風情。そして侍は、四十歳を過ぎたあたりで姿見の押し出しが利く、どこかの武家の重鎮と思《おぼ》しき男であった。

夕方の七ツ半に店を開け、その日の口開けの客であった。

ほかに客はなく、店の奥に六畳ほどの小上がりを設けてある。その座敷に二人は卓を挟んで座った。

二合の徳利《とっくり》を二本熱燗《あつかん》にし、酒の肴である金平《きんぴら》をお盆に載せて、お峰は小上がりへと近づいた。

「——四月後《よつきのち》に二万両……」

と、お峰の耳に入ったところで、侍の言葉が止まった。お峰の気配を感じたらしい。

「おまちどおさま」

お峰は、そんなことを気にする風もなく、酒と肴を卓に置いてその場から離れた。

お峰が怪訝《けげん》に思ったのは、侍が商人におもねっているように見えたからだ。やがて、商人のほうが腕を組んで考えはじめる。ほかに客がいないこともあり、料理の注文も出ていないので、お峰は板場の中からぼんやりとその様子を眺めていた。

周囲に誰もいないことが、二人の声音を大きくした。お峰が、その様子をうかがっていることに気づいていない。

「――材木の値を高騰させるには……」

「なるほど！　それなら……作れるのう」

お峰の耳に入るのは、話の切れ切れでしかない。

「それが、火事と関わりがあるかどうかしりませんけど……」

お峰の話を聞きながら、亀治郎は天井近くの長押《なげし》を見上げて考えている。

「……ここでも二万両か」

と、呟きが漏れる。

「亀治郎、何を考えておるのじゃ？」

鶴姫に問われ、亀治郎の顔が下を向いた。

「二万両ってのが引っかかってな。それで、考えていたんだべ」

「おお、二万両のう」

鶴姫も、その偶然に目を丸くしている。

「あのぉ、二万両ってなんですかい？」

意味が通じず、政吉が訊いた。

「いや……」

亀治郎は、言葉を濁《にご》した。大谷家の難局は、そう簡単に明かせない秘事である。

「御手伝普請じゃ」

鶴姫が、なんのためらいもなく口に出した。

「なんですかい、お手伝いなんとかって？」

聞き慣れない言葉に、政吉が問うた。だが、亀治郎は迷っている。

「わらわのお家も、幕府から二万両出せと言われているのじゃ」

亀治郎がためらう間に、鶴姫が喋った。

「二万両がどうのこうの言われたって、お武家様の話はでかくて分からねえ。いってえ、何があったんですかい？」

政吉が、つっ込む口調で問うた。

そのときお峰は、下を向いて考えている。

「……そういえば」

そして、呟くように小声を発した。

「そういえばって、なんだべ？」

亀治郎がすかさず問うた。

「そのお侍さんも、お手伝いがどうのこうの言ってました」

「なんだって！　その侍も御手伝普請のために二万両を作ろうとしていたんか？」

まったく自分たちと同じ境遇の侍がいた。

「となると、大名家。いったい、どこの家中だんべ？」

亀治郎の顔が鶴姫に向いた。

「さあ、わらわには分からん」

鶴姫が小さく首を振る。

話がどんどん複雑になるが、小さな光明も射してきた。線香の先に灯《とも》った、点のような明かりに辿《たど》り着けば、惣衛門を救い出すことができる。幕府から課せられた普請工事の費用の捻出が、どうやら今川町の小料理屋から出火した火事と関わりがありそうだ。亀治郎はそう踏んでいる。

第四章　鶴姫、辰巳芸者《たつみげいしゃ》になる

一

夕七ツを報せる鐘の音が遠く聞こえてきた。

そろそろお峰が、お座敷に上がる仕度を調える刻である。小料理屋ひさごに寄って与与丸を引き取り、秋田屋に戻ろうということになった。

あと一刻もして暮六ツとなれば、雪洞《ぼんぼり》に明かりが煌々《こうこう》と灯《とも》り岡場所の風情は一段と増すはずだ。鶴姫と与与丸には、そぐわない光景となる。

「……まだいてえけど、帰るか。仕方ねえべな」

独身《ひとりみ》である亀治郎は、後ろ髪を引かれる思いで門前仲町の遊里の外へと出た。

「お大名が絡《から》んでるなんて、なんだかすげえ話になってきましたね」

政吉が冠木門《かぶきもん》から出たところで鶴姫に問いかける。

「ところで、爺《じっ》ちゃんて誰なんです？」

政吉は、そのことがずっと気にかかっていたかのように問いを重ねた。

「知らねえほうがいいべよ」

答えたのは亀治郎で、鶴姫は与与丸を抱いて笑みを浮かべている。

「どうも、気になりましてねえ。三つ葉葵と……まさか！」

仰天顔のまま、政吉のあとの言葉がつづかない。絶対に出してはいけない名だと、自《みずか》ら口を噤《つぐ》んだ。

「金と銀は、今ごろ何してるべ？」

与力の原田馬ノ助の動向を探らせている二人の話を早く聞きたい。

「……与力の原田か」

ふと呟きが亀治郎の口から漏れた、そのときであった。

「これ、与与どこに行くのじゃ？」

抱えた鶴姫の腕から飛び降り、与与丸が組紐を引っ張る。

「あっ、あれは！」

鶴姫が驚いたのは、与与丸の鼻先二十間《けん》ほど向こうに知る顔が見えたからだ。相手は見知らぬ侍と話をしながら歩いているので、鶴姫たちに気づいている様子はない。

「あれは、大番頭の清三さんじゃねえべか？　ちょっと、隠れてようぜ」

鶴姫は与与丸をつないだ組紐を手繰《たぐ》り寄せ、亀治郎と政吉は路地に入って身を隠した。三間先を、清三と侍が通り過ぎていく。四十歳を少し過ぎたと思《おぼ》しき侍は、どこかの家中の重鎮にも見える。大谷家のお偉方と、身形風体《みなりふうてい》がよく似ている。

「……もしや？」

「……まさか？」

「……こいつは？」

それぞれの口から、不審の呟きが漏れた。

一年ほど前、お峰が見たという侍と商人とは――。

「もしや、清三さん！」は、鶴姫。

「まさか、あの侍が！」は、亀治郎。

「こいつは、やばいことに！」は政吉と、三者三様の驚きが口を衝《つ》いて出た。

それと同時に、清三と侍のうしろ二十間ほどにまたも知る顔が三つ。

「おや、あれは……？」

まずは、政吉が気づいた。

「金と銀と、お鹿さんじゃ」

「ああ、間違いねえべ。あいつら、清三さんを尾《つ》けてきたのか」

朝方、川舟に乗り大川に入ってから、行動を別にしていた。それから数刻が経ち、思わぬ場所で合流することとなった。

「おい、金と銀」

路地から出て、背後から亀治郎が声をかけた。

「うわっ！」

二人の驚く顔が、亀治郎に向いた。

「なんでこんなところに？」

「こっちが訊きてえべよ」

「番頭の清三さんを尾けてたら、こんなところに」

銀三郎が、尾ける相手を見失うまいと前を見据えながら、早口で言った。

「それは分かってるべ。どこで清三さんを……？」

「事情はあとで。そうだ、お鹿さん。どこに入るか……」

「分かりました」

お鹿は、銀三郎の言うことをみなまで聞かずに大きくうなずく。

「行き先が分かったら、ひさごという小料理屋に来てくれねえべか」

「どうして、その店を？」

「こっちの経緯《いきさつ》も、あとで話すべ」

「心得ました」

とお鹿は一声放ち、清三を追って先に岡場所の中へと入っていった。その素早さから、門前仲町の遊廓をよく知るように見える。

岡場所で清三を見かけるとは、思わぬ展開になってきた。

「お方……いや、お鶴ちゃんはどちらに？」

金吾が、あたりを見回しながら訊いた。

「あの路地にいる。清三さんを見かけて、拙者らも隠れてたんだ」

路地から顔を出し、与与丸を抱いた鶴姫が、手を振っている。物見遊山を楽しむような、なんとも嬉しそうな表情である。

金吾と銀三郎が、手を振って返した。

「お鶴ちゃんの顔を見てると、なんだか緊張もほぐれますな」

金吾が安堵の息を漏らして言った。

途中で清三を見かけてから、ずっと気を張りっぱなしだったと銀三郎も安堵の表情を見せた。

「お鹿さんは、けっこう役に立ちますぜ」

金吾が、お鹿を褒《ほ》めた。

「そうかい。それにしても、なんだか大変な雲行きになってきたべな」

「ええ。まさかここに来るとは思ってもなかったです」

銀三郎の話を早く聞きたいと、亀治郎の気が急いた。だが、ここで立ち話というわけにはいかない。五人と一匹が、ぞろぞろと遊里の中を歩くと目立つだけだ。

「拙者と銀三郎とお鹿さんで、清三さんを探るべ。金吾はお鶴ちゃんを護って、秋田屋さんに戻ってくれねえか。お屋敷から何か報せがあるかもしれねえしな、秋田屋さんにいたほうがいいべな」

「分かりました」

門前仲町にまだいたいと、鶴姫の顔に書いてある。

「ここは拙者らに任せてくれ。お鶴ちゃんは秋田屋さんに戻って、清三さんのことをそれとなく調べてくれねえか」

「分かったぞえ。与与、一緒に探ろうの」

鶴姫が、抱いている与与丸の鼻先に話しかけた。

「ワン」と、一吠え返る。

「おお、いい子じゃ」

頭を撫《な》でられ、与与丸がまん丸い目を閉じた。

「あっしは、何をしましょうか？」

政吉が問うた。

「政吉さんは、秋田屋さんの職人で知ってる人はいるべか？」

「ええ、いく人かは。仲のいい奴もいますぜ」

「そりゃ都合がいい。だったら、清三さんのことを職人たちからそれとなく聞き出してくれたらありがてえべな」

「分かりやした」

亀治郎が、それぞれの役割を分担する。

「大谷家で一番役に立つのう、亀治郎は」

てきぱきとした亀治郎の対応に、鶴姫は目を瞠《みは》っている。

「さてと、行くべか」

亀治郎と銀三郎が、岡場所へと向かう。

「それじゃ、またの。与与、亀治郎とお別れじゃ」

亀治郎と銀三郎の背中に向けて、鶴姫は手を振りながら見送っている。その様子を見ながら、政吉と金吾が小声で話し合っている。

「ずいぶんと、仲がおよろしいんですね」

「ええ。屋敷の中じゃ、お鶴ちゃんのあんな楽しそうな顔、滅多に見られませんよ」

「それにしても、あの亀治郎さんて人、風采《ふうさい》は上がらねえけど恐ろしいほど剣の腕が立ちますね」

「何かあったので？」

「ええ。道々、話しましょう」

亀治郎と銀三郎が、冠木門を潜るのを見て鶴姫が振り向く。

「何をお話ししてるのじゃ？」

機嫌よさそうに、笑みを浮かべている。

「ずいぶんと、お鶴ちゃんと亀治郎さんはお仲がよろしいと」

鶴姫の問いに、金吾が答えた。

「わらわには、亀治郎が山のように大きく見えるのじゃ」

初めて鶴姫が、亀治郎に対する心の内をあらわにした。その表情が、いつになく真顔となった。

『山のように大きく――』

その一言に、亀治郎に対するすべての想いが集約されている。

遊廓の中に入った亀治郎と銀三郎の目には、お鹿の姿は見えていない。清三の動向はお鹿が報せてくれるはずと、ひさごで待つことにした。

「お鹿さん、うまく尾けてるべか？」

「ええ。あの女《ひと》なら抜かりないかと。門仲《ここ》のことも、よく知っているようですし」

巾着切《きんちゃくきり》は機転が利かなくては、仕事にならない。その頭の切れを、よいことに使えばかなり役に立つ。銀三郎は、お鹿に機転のよさを感じていた。

「だったら、ここで待つとするべか」

気がつくと、ひさごの店先に立っている。

縄暖簾は垂れ下がり、赤提灯にも火が灯っている。夕七ツ半が過ぎ、晩秋の日暮れは早い。そんな時節を感じさせる、時の移ろいであった。

縄暖簾を分け、引き戸を明けると女将のお常が驚いた顔をしている。

「あら、先ほどは……」

「ちょっと、ここで待たせてもらいてえ」

「どうぞどうぞ……」

お常の機嫌のよい返事であった。

夕刻の口開けか、ほかに客は誰もいない。先刻座っていた小上がりが空いているので、そこを使わせてもらうことにした。

「半次郎さんは？」

「おそらく、こんなところ」

お常が、賽壺《さいつぼ》を振る仕草をした。

「お店を手伝わないで、手慰《てなぐさ》みばっかり」

お常の口からこぼれた愚痴《ぐち》を、亀治郎は笑いながら受けとめた。

「ちょっとばかり、酒をいただくべか」

これから何が起こるか分からない。あまり酔ってはいられないが、店は居酒屋となって酒が売り物の主体となる。

小上がりの板間に座って、さっそく話が本題となった。お鹿が戻るまで、互いの情報のやり取りとなる。

「まずは、銀ちゃんの話を聞くとするべか。なんで、ここに清三さんが？」

「南町奉行所に行ってみると、与力の原田がちょうど門から出てきまして……」

原田を尾け、三四の番屋に入ったところまでを語る。すると、亀治郎の顔色がにわかに変わった。

「なんだべ、三四の番屋って……茅場町の大番屋じゃねえんかい？」

「拙者らも、てっきり茅場町と思ってたんですが、原田はそこに入っていきました」

「するてえと、惣衛門さんの吟味は他の与力でってことだべか？」

「そうなりますな」

「だったらよかったなあ」

「何が、よかったので？」

「惣衛門さんが、五両受け取らなくてよ。そんなの持ってるのがばれたとしたら、大変だべさ」

亀治郎が、ほっと安堵の息を吐いた。

二

銀三郎が、朝方からのことを語る。

「与力原田が三四の番屋に入ったすぐあと、そこに番頭の清三さんが来ましてね……」

「なんだって。清三さんが、三四の番屋に入っていったってのか！　ところで、三四の番屋ってどこにあるんだべ？」

「八丁堀の西側で、楓川に沿った材木町の三丁目です。茅場町とは、五町と離れてません」

「へえ、そうかい」

まったくそのあたりに土地勘のない亀治郎は、生半可《なまはんか》な返事で分かった振りをした。

「惣衛門さんが茅場町の大番屋にいることは、清三さんも知ってるべえに。それが、なぜに三四の番屋になんぞ行ったんだべ？」

「それは、三四の番屋のほうに原田がいると知ってたからでしょう」

「てことは、原田と清三さんは……」

「なんらかの、つながりがあるんでしょうな。だけど、それがどんな意味を持つかまではつかんじゃいません」

「だべな。だけど、門仲《こ こ》に清三さんと一緒に入っていったのは、原田とは違う侍だんべ？」

「ええ」

「どこで、どうなったんだ？」

言うと同時に、亀治郎の体が持ち上がった。銀三郎の話いかんでは、大きく事が動きそうだと感じたからだ。

その侍こそ、一年前にお峰が見た重鎮の侍と亀治郎は踏んでいる。だが、その根拠は何もない。

「しばらくして、清三さんだけ大番屋から出てきまして……」

銀三郎が先をつづける。

三四の番屋から出てきた清三は、あたりを見回すことなく足を急かせている。

与力原田のことは一旦置いて、三人は清三を追うことにした。

清三の足は楓川沿いを北に向かい、茅場町の大番屋に向かうと思ったが、そうではない。まっすぐ進むと江戸橋で日本橋川を渡り、西堀留川《にしほりどめがわ》の荒布橋《あらめばし》と東堀留川《ひがしほりどめがわ》の思案橋《しあんばし》をたてつづけに渡ると、小網町《こあみちょう》から武家地へと入っていった。

一帯は浜町《はまちょう》と呼ばれ、大名屋敷や旗本屋敷が塀を連ねている。

「拙者と金吾だけでしたら、追いきれなかったでしょうな。さいわいお鹿さんがいてくれて、難なく追うことができました」

「なんで、清三さんは武家地なんかに行ったんだべ？」

「さあ、なんとも……それにしても、おかしな行動でしょう？」

「ああ、まったくだべな。それで、入っていった屋敷ってのはどこなんだ？」

「武家地の番屋である辻番所で訊いたところ、そこは陸奥《むつ》は雫石《しずくいし》藩田部《たなべ》備前守《びぜんのかみ》義盛《よしもり》様の上屋敷でして」

「雫石藩田部……聞いたことがねえな」

「ええ。一万数千石の小藩と聞いてます」

「なんでそんなところと、関わりがあるんだべ？」

「ですからそこを今、探ってますので」

田部家の門前で、一刻ばかり見張っていたという。そして、出てきたときは二人になっていた。清三と門前仲町まで連れ立ってきた侍である。

武家地の通りは人通りがほとんどなく、追い易《やす》くもあるが、見つかり易くもある。鉤形に折れた道を二十間ほど離れて追うと、新大橋で隅田川を渡った。対岸は本所と深川の境で、南に向かうと小名木川《おなぎがわ》が東西に流れている。高橋《たかばし》で小名木川を渡ると、そこは深川海辺大工町《うみべだいくちょう》である。清三と侍は、さらに南へと歩を進める。三町ほど行くと、見えてきたのは霊巌寺《れいがんじ》の築地塀《ついじべい》である。かつては霊巌島にあったのが、明暦《めいれき》の大火で深川へと移った寺である。

真っ直ぐ進めば、仙台堀に当たる。だが、清三と侍は霊巌寺の手前の道を左に折れた。寺の築地塀沿いを一町ほど行くと、旗本の拝領屋敷が三軒並んである。その一番手前の門に、清三と侍は入っていった。

「番所で訊いたところ、そこは室田武左衛門《むろたぶざえもん》という五百石取りの旗本の屋敷だそうで。役職は小普請組《こぶしんぐみ》に属し、毎日ぶらぶらしているそうです」

「なんだか、焦《こ》げ臭《くせ》えな」

清三の、なんとも不可思議な行動に、亀治郎は眉根を寄せた。

——もしや、火事の日、小料理屋の小上がりに中間と一緒にいた武家ってのは……？

亀治郎の脳裏をよぎったが、黙って銀三郎の話に耳を傾けた。

「室田武左衛門の屋敷の前で、待つこと半刻。やはり出てきたのは、清三さんと侍の二人でして、さらにあとを尾け……」

門前仲町の遊里に着いたところで、亀治郎から呼び止められた。

これが、銀三郎たちの動きであった。


亀治郎が考えているところで、今度は銀三郎が問う。

「ところで、亀治郎さんたちはどうして門仲《ここ》に……？」

「茅場町の大番屋にいる惣衛門さんに、与与丸を使って手紙を届けたあとな……」

ひさごの女将と知り合った経緯《いきさつ》を語った。武勇伝の件《くだり》では、亀治郎を銀三郎がいている。

尊敬の眼で見やる。「たいしたことねえべ」と、謙遜するも団子鼻が少し上を向
「そんなことはどうでもいいけど、いいことはするもんだべ。ここの女将のお常
さんが、お峰さんをよく知っててな」

今川町の火元である、小料理屋ゆめやの女将お峰の件を聞かせた。

「それで今は、辰巳芸者になっていたんで？」

「火事の真相を知りたくて、深川を離れなかったそうだべ」

ひさごに入ってから、四半刻が経つ。暮六ツも過ぎ、岡場所に活気が出てきた。

「ところで、お鹿さん遅いな」

一通り、互いの話を聞いて今後のことへと気が巡る。お鹿の戻りが、これから
の動きの鍵になると、気勢をつけるために亀治郎は冷めた酒を呷《あお》った。

二合の徳利を、二人で二本呑み干したところであった。

「いらっしゃい」

と、お常の声がして戸口を向くと、お鹿が店の中を捜すようにきょろきょろし

ている。

「あら、お鹿さん……」

お常が名を口にすると、お鹿は小さく首を振った。

「おい、こっちだ」

その仕草に気づくことなく銀三郎が手を翳《かざ》すと、お鹿が近づいてきた。

「遅くなりまして……」

「いや、いいべさ。腹が減っただろ、何か食うか？　拙者らは、悪いけどちょっと一杯やってた」

卓の上に徳利が二本立っている。それを見たお鹿の顔がほころんでいる。

「よろしいんですのよ。ここは、呑み屋さんですもの。もしよろしければ、場所を変えて呑みません？」

「どこに行くんだ？　ここじゃまずいのか」

「いえ、そうじゃなくて……ちょっと面白いところ」

何かをつかんできたような、お鹿の口ぶりである。

「よし、行ってみるべか」

と、亀治郎と銀三郎が脇に置いた大刀を握り腰を浮かしたところで、お鹿が訊く。

「ところで、いくらかお持ちですか？」

「なんだ？　いくらかって、銭のことだべか？」

「ええ、そう。これから行くのは、ちょっとお高いところ。三人で呑んで、二両は要《い》るかしら」

金の話に亀治郎と銀三郎は戸惑い、互いの顔を見合った。

「そんなには、ねえな。どうだ、銀ちゃんは持ってるべか？」

「一両と、ちょっとしか……」

「拙者が持ってるのは……ここの払いもあるしな」

言いながら亀治郎は、財布の中身を卓の上にばら撒《ま》いた。数えると、ひさごに支払っても一分ほど足りない。

「侍二人もそろって二両もねえなんて、なんだか、みっともねえな」

亀治郎が、頭に手をやりながら言った。

「もし足りたとしても、文銭が交じっての払いってのもなんだか……」

小判二枚でさっぱりと済ませたいと、銀三郎も顔を歪ませている。

「あたしが料亭胡蝶《こちょう》の旦那と掛け合うから、とにかく行きましょ」

酒代五十文を払い、ひさごを出た。

「料亭って言ってましたよね？」

「ああ、言ってたべな」

「わざわざそんなところに行かなくても、話なら、ひさごで聞けますよね」

「何か、お鹿さんに考えがあるんだべ」

三歩先を歩くお鹿に、聞こえないほどの小声であった。

「早く、行きましょ」

お鹿が振り向き、せっつく声をかけた。

三

お鹿が案内したのは、門前仲町でも一番といわれる高級料亭であった。

『料亭　胡蝶』と、扁額《へんがく》に彫られている。周囲の建物とは違い、門構えからして豪壮な感じを漂わせている。

「……二両じゃ、ぜんぜん足りねえべな」

格式に押され、亀治郎がふと呟いた。

「ここに、お部屋を取ってありますから」

「なんだって？」

お鹿の手回しのよさと慣れたもの言いに、銀三郎が首を傾げた。心なしか、お鹿の発する雰囲気が初めて見たときとは違って見えてくる。

亀治郎は、お鹿の隠された本当の姿を知りたくなった。だが今は、このまま黙ってお鹿の出方に任せることにした。

「さあ、入りましょ」

玄関先で突っ立つ二人を、お鹿はどうぞという仕草で促した。が、勘定を心配する亀治郎は、敷居が跨げないでいる。

「どうしたのです？」

「拙者は、どうもこういうところは苦手でして」

銀三郎も、及び腰になっている。

すると——。

「事の真相を、知りたくはありませんので？」

お鹿の小声がかかった。

「お鹿さん、あんた……？」

「今はそんなこと、どうだっていいでしょ」

銀三郎の問いは、軽くあしらわれた。急かされる格好で二人が店の中に入ると、

「いらっしゃいませ」

待っていたかのように、三人の仲居が三つ指をついて迎え入れた。

「こちらにどうぞ」

二人の仲居に腰の大小を預け、三人はもう一人の仲居の案内に従った。亀治郎と銀三郎はお鹿のうしろについいた。胡蝶の勝手を知るように、お鹿は黙って廊下を歩く。

「……こいつは、ただの巾着切ではねえな。いったい、何者なんだべ？」

亀治郎の呟きは、銀三郎にも聞こえぬほどの小さなものであった。巾着切でなければ、なんで冬木町の鞘番屋になんかにいたのか。そんな考えを巡らすうちに

『欅《けやき》の間』と札が掛けられてある部屋の前まできた。

「こちらです……」

格子の引き戸を開けると、さらに奥に襖《ふすま》がある。高さ五寸ほどの式台を踏んで、襖を開けると八畳の間であった。部屋の中を見て、亀治郎と銀三郎は目を瞠《みは》った。三人分置かれた銘々膳《めいめいぜん》の上にはすでに、小鉢に盛られた小料理が数品載っている。

「お酒を急いで持ってきて」

お鹿が、仲居に注文を出した。かしこまりましたと、仲居が一礼して引き下がる。

亀治郎と銀三郎を床の間を背にして座らせ、お鹿が一人向かい側に座った。

「お鹿さん、いったいどういうつもりだ？」

銀三郎も、さすがに怪訝《けげん》に思っている。不可解な成り行きに、声音に怒りすら感じられる。

「まあ、落ち着いて銀三郎さん」

そうこうしているうちに、襖の外から声がかかった。仲居が、熱燗《あつかん》の銚子を五本ほど運んで来たからだ。

「しばらく来なくていいわよ」

お鹿が仲居に告げると、仲居は一礼して去っていった。

「お鹿さん、ちゃんと話をしてくれねえべか」

亀治郎が真顔で言う。すると、お鹿は目を細め、不敵な笑みを浮かべた。これまで見たこともないお鹿の表情に、亀治郎は罠《わな》に嵌《は》められたかのような心持ちとなった。

「銀ちゃん。こんなことをしてる暇はねえ、帰るべや」

「左様ですな」

座ったばかりだというのに、二人はすぐに立ち上がった。

「ちょっと、落ち着いてくださいませ。とにかく、座ってくださいましな。間もなくお二人来られますので」

「二人って、誰なんだべ？　お鹿さんはいったい何を企《たくら》んでるんだ？」

立ったままで亀治郎が口にするも、お鹿は無言で腰に根が生えたように動こうとはしない。亀治郎たちを弄《もてあそ》んでいるかのように落ち着き払っている。

「しょうがねえ、ここは成り行きに任すとするべか」

観念したように亀治郎が座ると、銀三郎もそれに倣《なら》った。

そして、銚子が一本空いたところであった。

「ごめんください」

襖越しに、男の声が聞こえてきた。

「どうぞ……」

お鹿の返事で、ゆっくりと襖が開くと四十代半ばの男の顔が見えた。

「あっ！」

「清三さん……」

亀治郎と銀三郎の驚く声がそろった。


ちょうどそのころ、門前仲町から二十町ほど離れた木場は山本町にある秋田屋で、鶴姫にとって禍々《まがまが》しい難問が降りかかろうとしていた。

大谷家上屋敷から、奥御用頭の佐々山平十郎が直々に訪れていた。

「――お方様、困ったことになりましたぞ」

佐々山の困惑した第一声を、鶴姫は耳にした。

「何があったのじゃ？」

そう訊きつつ、鶴姫の頭の中ではある程度予想ができていた。

「義母上《ははうえ》様が、何か申したのじゃな。さては、熱が出たと偽ったのがばれたのであろう？」

「さすが鶴姫様、お察しがよろしいことで」

「そんなことで、褒《ほ》めんでもよろしい。それで、わらわに戻っておいでとおっしゃるのじゃな？」

「図星でござります。急な病《やまい》と申し上げましたら……」

佐々山から、露見した経緯が語られる。

「すぐに、清水家に使いが立てられまして……」

あとは聞かなくても、おおよその察しはつく。

「清水家に行っていないことが、簡単にばれまして……」

すぐさま鶴姫を連れ戻してこいとの厳命が、お勝の方から佐々山に下されたのである。

「深川《ここ》に来ていることを、義母上様は知っておいでなのか？」

「いえ、深川に来ていることなど一切知らぬ存ぜぬことにしておりまして……」

だが、その嘘もすぐにばれたと佐々山は言う。

「考えれば、馬鹿な応対をしておりまして。『ならば、なぜに熱があると知っておるのだ』と詰め寄られまして……すぐさま、捜してまいりますと屋敷を飛び出してきた次第でござりまして」

「まして、まして、まして、って、なんとも頼りにならんのう。なあ、与与」

眉根を寄せ、困惑した表情で鶴姫は与与丸の頭を撫でている。秋田屋惣衛門を、救い出さなくては上屋敷には戻れない。それと共に、二万両の工面《くめん》である。このまま屋敷に戻ったら、両方とも潰《つい》えることになる。誰になんと言われようが、今、帰ることはできない。

「どうにか、得心していただける方法はなかろうかのう」

少なくとも、あと五日は深川にいたい。もし、それまでに事が解決しなかったら、それはそれであきらめると覚悟は決めている。

良案が浮かぶことなく、時だけが過ぎていく。

「とにかく、今夜はもう遅いのでお屋敷に戻ることは叶いませんな」

外は、暗さが増してきている。

「ならば拙者も、こちらに泊めていただきまする。このまま戻りましても、御正室様から『子供の使いじゃあるまいし』と、責められるだけでございます。いやなことは、明日に持ち越したいと存じまする」

佐々山は、お勝の方から逃がれたい一心で鶴姫に懇願する。

「そうじゃの。一晩考えれば、よい言い訳が浮かぶであろうの」

鶴姫の承諾に、佐々山は額に滲《にじ》み出た汗を手巾で拭《ぬぐ》った。

亀治郎たちの戻りが遅い。

すでに、宵の五ツを報せる鐘が鳴ってから、さらに四半刻ほど過ぎようとしている。

「何をしてるのだろうのう、亀治郎たち」

亀治郎が戻るまで、鶴姫は起きていようと眠気を堪《こら》えていた。すでに、秋田屋に住み込む奉公人たちは深い眠りに入っている。木場の朝は早い。夜の明ける前に起き出し、職人たちは仕事に取り掛かる。帳場の者も、意気を合わせるためにみな同時刻になると起床する。そのため、大抵は宵五ツになると床を取るのが普段の生活であった。

　今の秋田屋には、主《あるじ》の惣衛門がいない。さらに、主不在のときに指揮を取る、大番頭の清三もまだ戻っては来ていない。不安が募るも、手を拱《こまね》いていた鶴姫ではない。

「――政吉さん。すまぬけど、亀治郎たちの様子を探ってきてくれぬかのう」

　四半刻ほど前に、政吉を門前仲町に行かせている。家臣ではないので、そこは低姿勢にお願いをした。岡野金吾も行くと言い張ったが、遊廓の中では独りのほうが身軽に動けると、政吉は単身で出ていった。

　鶴姫の側には、お波がいる。父親惣衛門の身を案じ、ずっと目を真っ赤にしている。鶴姫が、お波に付き添っているような状況でもあった。警固役の岡野は二つ置いた部屋で控えている。

　政吉も、しばらくは戻ってはこないであろう。

　まんじりともせず鶴姫が待つそこに、店の大戸を叩く音が、かすかに聞こえてきた。

「おや、政吉さんにしては早い戻りのようじゃの。亀治郎かもしれん」

「私が見てまいりましょう」

「いや、一緒に行くのじゃ。お波ちゃんにもしもの事があったらすまんからの。そうだ、金吾も……」

夜盗の襲来もあり得る。言ったところで、襖の外から金吾の声がかかった。

「お方様、表の戸を叩く音が」

「金吾にも聞こえたか。ならば、一緒に行ってたもれ」

万一を予測して、金吾の腰には大小の二本が差されている。

四

大戸の切り戸を開けると亀治郎でも夜盗でもなく、まったく別の男が立っている。

「花山《はなやま》様……」

驚く口調で言ったのは、岡野金吾であった。

それは金吾たちの直属の上司である、徒組頭《かちぐみがしら》の花山義平《ぎへい》であった。三十代も半ばで、眉毛が太く武骨な性格が面相に表れている。大谷家江戸屋敷の徒組十人衆を束ねる頭であった。

「小石川から深川まで歩くと遠いの……これはこれは、お方様」

帳場の板間に立つ鶴姫に気づき、花山は大きく頭を下げた。それにしても、意外な人物が来たものだ。その理由を、すぐに理解できるものではない。これで、小石川の屋敷からたてつづけに二人も来たことになる。佐々山のときは察しがついたが、花山に関しては想像すらできず鶴姫は言葉もなく、小さくうなずきを返しただけであった。

「小坂亀治郎は、おいでになりませぬかな？」

「亀治郎に、用事があるのかえ？」

鶴姫が、花山に向けて言葉をかけた。

「いえ、お方様に……ご家老から急ぎの書状をお持ちいたしました」

「山脇大膳からか？」

「左様でござります
る」

何用かと、鶴姫が首を傾げる。

「どうぞ、お上がりください」

お波が客間へと案内した。夜も更け、秋田屋の奉公人たちは誰もが寝静まっている。

十畳ある客間に入り、鶴姫と花山が向かい合った。花山の背後に、金吾が控えた。すると、間を置かずして奥御用頭の佐々山が入ってきた。お波が呼んできたのである。

佐々山と花山が並び、お波はその背後で金吾と並ぶ。

「申しわけございませぬが、お人払いを……」

花山が、鶴姫に向けて言った。

「みながいては、いかんのか？」

「はっ、密命でして」

せっかく座ったのにと、不機嫌な顔をして金吾とお波が部屋から出た。

「申しわけ……」

佐々山にも、遠慮がちの言葉を向けた。

「拙者もか?」

花山の無言のうなずきに、佐々山は渋々ながら立ち上がった。

「上役のわしにも聞かせられぬことなのか」

小声で不満を漏らし、佐々山も部屋をあとにした。

「お方様……」

改めて畳に手をつき、花山が拝した。

「そのようなこと、ここではせんでよろしい。お屋敷ではないのだから、楽にいたせ」

「はっ」

楽にせよと言われても、胡坐《あぐら》を搔くわけにはいかない。花山の頭がわずかに持ち上がっただけだ。

「お方様に、お持ちした書状がございます」

言って花山は懐《ふところ》から書状を取り出すと、「ご無礼」と断り、座ったまま膝《ひざ》を進め、鶴姫に近づきその膝元に書状を置いた。

「これは!」

鶴姫が驚いたのは、その書簡の封に書かれている宛て名であった。

『鶴殿』と、書かれてある。

江戸家老からのものではない。

与与丸を膝から降ろし、鶴姫は書状を手に取った。

「義母上《ははうえ》様にしては、太い文字……まさか？」

真っ先に鶴姫の脳裏をよぎったのは、舅《しゅうと》である大谷忠次の名であった。

「……だが、なぜ？」

疑問を抱きながら、封書の裏を見た。そして、鶴姫は二度驚くことになる。そこには二文字小さく『忠信』と記されている。

夫からのものであった。

「実は……」

書状に目をやる鶴姫に向けて、花山が語りはじめた。

「某《それがし》がここを訪れましたのは、ご家老からではなく若殿から直々托されてのことでございます。鶴姫様が、深川の秋田屋にいると仰せられまして。そして、内密に渡すようにと……」

「忠信様は、わらわがここにいることをご存じでしたのか？」

「はあ、そのようでございます」

だとすれば、不思議な話である。

「何ゆえに……？」

普段から忠信を疎《うと》んじている、家老の山脇から露見したのではなかろう。佐々山の話では、姑《しゅうとめ》のお勝の方は、深川に鶴姫がいるとは知らない。

「……いったい、どうしてじゃ？」

書状の文を読めば分かることだと、鶴姫は封緘《ふうかん》を解いて中の書状を取り出した。さほど、長くはない綴りである。最後まで読んで、鶴姫は丸い目をなおさら丸くさせた。

「これは……」

読んだあとに、絶句する。そして鶴姫は開いた書状を巻き戻すと、封緘に納めて懐にしまった。

「……亀治郎、早く戻らぬかのう」

鶴姫の口から呟きが漏れる。鶴姫の表情と呟きから、花山が小さく首を傾げた。

「……これは一大事！」

花山は花山で、勝手に気を巡らせて呟きを漏らした。

「下がって、よいぞ」

「はっ」

花山を下がらせ、鶴姫は天を仰いで考え込んだ。襖を閉める一瞬、花山の目に鶴姫の困惑した表情が映った。

客間を出た花山は、廊下で佐々山に呼び止められた。

「ちょっと、入れ」

部屋に引き入れられると、金吾もお波もそこにいる。

「ご家老の用事とは、なんであった？ 御正室様からの伝言であろう」

お勝の方によい言い訳がないかと、金吾とお波に相談をかけていたところである。

「いえ、御正室様からではございません」

「ならば、なんの用だ？」

「いえ。いくら奥御用頭の佐々山様でも、絶対に口にできぬことでございまする」

「絶対に口にできぬとなると、余計に知りたくなるな。ええい、言わんとただではすまぬ。これは、命令ぞ」

片膝を立てて佐々山は、上役の権限を態度と言葉で示した。

「いえ、それだけはご勘弁願いまする。喋《しゃべ》ったら、大変な事になりますので」

「大変な事ってなんだ？　それは一体どうなるのか、それだけでも話してはくれぬか？」

普段横柄な佐々山が、深く頭を下げた。

事態がどれほど深刻なのか、それくらいは知っておいてもらったほうがよかろうと、花山は自分の考えを語ることにした。

「ならば、これだけは申しておきましょう。もしかしたら、鶴姫様は離縁させられ、清水家に戻されることになるやもしれませぬ……あくまでも、拙者の憶測ですが」

「なんですって？」

驚く声を飛ばしたのは、お波であった。

「そこまで、嫁と姑《しゅうとめ》の間は拗《こじ》れておったか」

佐々山も勝手な解釈をする。憶測に憶測が重なった。

「いや、そういうことではございません」

佐々山の考えを花山が否定した。そこで金吾が、ふと口にする。

「鶴姫様と亀治郎さんは、えらく仲がよさそうでございますから」

何気ない口ぶりであったが、その場にいた者たち全員を一瞬で凍りつかせた。

『不義密通』の四文字がそれぞれの頭の中を駆け巡り、鳥肌が立つほどの戦慄が襲った。

「これが外に漏れたら、大谷家は不遜《ふそん》の咎《とが》で廃絶……このことは、絶対に誰にも喋るな」

佐々山の声音は震えていた。

五

門前仲町の料亭胡蝶でも、思わぬ展開が繰り広げられていた。

「なんで清三さんがここに……？」

お鹿の隣に座る清三に、亀治郎が問うた。清三の前に、膳は置かれていない。

すぐに答が返ってこない。無言の清三に訝《いぶか》しさを感じた亀治郎が、眉間に皺を寄せ眉尾を逆立てた。

「他人《ひと》をおちょくるのは、いい加減にしてくれねえべか」

普段は温和な亀治郎としては、珍しく怒りのこもる声音であった。

話さぬならば、こちらから問い詰めるしかないと亀治郎は片膝を立てた。清三を、秋田屋を潰す裏切り者と見る眼差しであった。

「ちょっとお待ちください、亀治郎様」

様と呼ばれて亀治郎は、お鹿に向き直った。

「お鹿さんはいったい、何者なんだ？」

亀治郎は立てた膝を戻し、お鹿を見据えた。

「それは、のちほどお話をするということで。でも今は、これだけは言っておきます。清三さんは、決して秋田屋さんを裏切ってはおりません」

亀治郎の疑心を見抜いたような、お鹿のもの言いであった。

「もうすぐ、お答が分かります」

と言ったまま、お鹿は口を噤《つぐ》んだ。その間、清三からは一言もない。銀三郎はというと、亀治郎の隣で手酌で酒を呑んでいる。

「……こいつも何か絡んでいるのか？」

表情を変えずにいる銀三郎の横顔を見て、亀治郎は誰にも聞こえぬほどの声音で呟いた。

それから間もなくしてであった。

「ごめんください……」

と、襖の向こうから声がかかった。

「どうぞ」

と、お鹿が声を向けると、ゆっくりと襖が開いた。

髪は島田にまとめられ、黒の羽織を纏《まと》った女が部屋に入るなり三つ指をついた。

「あっ、あんたは！」

亀治郎が驚いたのも無理はない。先刻、話を聞いていた春吉ことお峰であった。

「先ほどは、失礼をいたしました」

亀治郎に向けて、お峰は頭を下げた。

「お峰さん、こちらに」

源氏名でなく、本名でお鹿が手招きした。裾《すそ》引《び》きを畳に引きずり、お峰が近づくと清三の隣に座った。身形《みなり》は芸者でも、お峰としてここにいるので酌はしない。

「お峰さんがね、すべて本当のことを話すって」

「さっき聞いたのは、本当のことではねえんか？」

亀治郎が、一膝《ひとひざ》繰り出して訊いた。

「いいえ、本当です。ですが、まだお話ししてないことがありました」

「あたしも、ありました」

お峰につづけて、お鹿も言う。

「お鹿さんは、分かってるべ。ただの巾着切じゃねえってことぐらいはな。それにしても、狐《きつね》に化かされているみてえだ」

亀治郎の国元、槻山城の裏山には狐や狸《たぬき》がたくさん生息する。城下では、狐と狸に化かされたと言う者が、あとを絶たずにいる。亀治郎は、そんな心持ちになった。

「まずは、お峰さんの話を聞くべ」

いよいよ真相が知れるかと、亀治郎は身構えた。

「付け火に遭ったのは本当です。それで……」

「ちょっと待ってくれ、春吉姐さん」

お峰の話を止めたのは、清三であった。

「手前から話したほうが早い。小坂様に今まで黙っていて申しわけありませんでした」

清三は、詫びから入った。亀治郎は、小さくうなずき、黙って話を聞く姿勢となった。

「春吉……いや、お峰さんから話を聞いたと思いますが、一年ほど前、今川町の居酒屋を訪れた商人《あきんど》は手前です。そのとき一緒にいたお侍というのは、雫石藩田部家の江戸留守居役である島野重四郎《しまのじゅうしろう》様であります。ええ、きょう手前と門仲《ここ》に来たお侍さんです。お顔は、ご存じでございましょう」

亀治郎たちに遊里の外で見られていたことは、すでに話として聞いていると清三は言葉を添えた。

「いま、別の部屋にいるんだべか？」

「いや、胡蝶《ここ》にはもういません。どこかの遊廓に収まって、今ごろは……」

「そんなことはどうでもいいべ。清三さんと島野って侍との関わりはどういうことなんだんべ？」

亀治郎が、話の先を促した。

「一年ほど前、田部家から二万両の無心をされまして……」

「二万両。どうして無心をされたんだべ？」

この額が、武士と中間《ちゅうげん》の話と重なって、いろいろと想像を巡らせてきた。その詳細が、清三から明かされる。

「幕府から……」

「御手伝普請の供出ってことだべか？」

「ええ、左様で。なぜにご存じで？」

大番頭らしい和やかさで問われるも、今ここで大谷家も同じ立場であることを明かすわけにはいかない。

「勘だべ」

亀治郎は、答をいなした。

「その話が一年ほど前、お峰さんの店でされてたってことだべか？」

「ええ。お峰さんに聞かれてしまったのが、手前の落ち度でした。そのとき、島野様から言われたのはこんなことです」

清三が、当時を振り返る。


今川町に用足しに来た清三が、深川平野町《ひらのちょう》近くにある田部家の下屋敷から戻る島野重四郎と、仙台堀沿いの通りで出くわしたのは一年ほど前であった。

「――秋田屋に、ちょっと相談があるのだが。そのへんで、一献傾けながら話を聞いてもらえんか？」

たまたま近くにあった小料理屋ゆめやへと、島野が清三を誘った。

秋田屋は田部家御用達の材木問屋で、日ごろの恩義から清三は誘われるままに従った。

大谷家も秋田屋から、普請の際は材木を調達している。そんな縁で、娘のお波を見習い奉公させているのであった。

「そのときの島野様の話は『この辺一帯を焼き尽くせば、材木は秋田屋からの調達となろう……いや冗談じゃ、気にするな』と。もちろん、本気ではないと手前も気にも留めませんでした。いやな気分になりましたが、そんな話はよく耳にすることですから。材木問屋の因果なところです」

二万両の話は、秋田屋も財源不足を理由にして、後日きっぱりと断った。

「あのとき、たまたまお峰さんが近くにいたのが今から思えば、一連の不幸の発端でした」

島野はふと人の気配に気づき目を向けると、土間にお峰が驚愕の表情で立っている。島野はすべて聞かれたと思った。しかし、実際はお峰には話のほんの一部しか聞こえていない。なんの話か、お峰は知りようもなかった。

「ああ、あのとき。私が驚いた顔をしたのは、足元を鼠《ねずみ》が通り過ぎたからですよ」

お峰が何気ない表情をして言った。
その後、田部家の二万両の供出がどうなったかは、清三の知るところではなか
った。
お峰の店から火事が出たのは、それからおよそ四月《よつき》後のことであった。
「最初は、自分の火の不始末とばかり思ってました」
お峰の語る番である。
「すぐに御番所に届け出ればよかったのですが……」
その日、一番最後に残っていた男たちが、お峰の脳裏をよぎった。まさか、あ
の二人が火を……だが相手は武士と人相の悪い中間である。そう思った瞬間、お
峰は逃げることに決めた。理由は二つある。
「あのお侍に殺されるのではないかと怖くて。でも、それじゃいけない。あのお
侍の顔を知っているのはあたしだけ。二人の話の中に門仲とありましたから、正
体を突き止めようと思いましてね」
必ず門前仲町の岡場所に遊びに来ると。それでお峰は、辰巳芸者となったと言

う。

　そして、一月ほど前のこと。

「あたしは胡蝶のお座敷に松吉、梅豊と三人で呼ばれまして。そう、ちょうどここのお部屋でした。部屋に入るなり、あたしは愕然としましたよ。ええ、知ってる顔が三人……幸いにも、あたしの顔は覚えてなさそうでした。小料理屋の女将と芸妓《げいぎ》では、化粧の施し方が違いますものね」

　確かに違うと、清三がうなずいた。

　亀治郎は黙って話の先を促す。

「上座に座るのは、島野というお侍。向かい合うのは、火事の当日店にいたお侍と、人相の悪い中間らしき男。ええ、その三人を見た瞬間、一年前のふと耳にした、清三さんの話を思い出しましてね」

「冗談が、冗談でなかったのですな。島野は人を雇って、本当に火を付けちまった」

　苦虫を嚙《か》み潰したような顔で、清三は言い放った。

「それじゃ、なんで秋田屋の惣衛門さんの仕業になったんだ……ちょっと、おかしいべよ」

亀治郎が疑問を差しはさんだ。

「あいつらの狙いは、秋田屋《うち》への逆恨《さかうら》みと金に対する欲でありました。それを教えてくれたのは春吉……いや、お峰さんだったのです」

そのときのお座敷で、お峰こと春吉は三人に鱈腹《たらふく》酒を呑ませ、足元が覚つかぬほど酔わせた。そして、それとなく火事の一件に触れた。

「――あの火事で、門前仲町が焼けなくてよかったです。あれって、誰かが火を付けたのではって噂が立っておりますけど」

お峰は、酔う三人に向けて話を振った。

すると島野が、笑い飛ばしながら口にする。

「あれは、秋田屋の仕業だ……ってことにしておく」

「島野様、滅多なことを……」

止めたのは、向かいに座る武士であった。

「いや、かまわぬ。秋田屋には、怨みがあるからな」

お峰に聞かれているのにもかまわず、島野は酔った勢いで話す。そして、もう一人の武士と中間の名をお峰は聞き出した。

侍の名は、室田武左衛門。そして、中間の名は伝蔵《でんぞう》と言った。出火当日、最後に店にやってきた二人だ。

「そういうことだったべか」

亀治郎はそう言いつつも、頭を左右に振っている。全てを得心しているわけではない。

「まだまだ、分からねえことがあるべな」

「なんなりと、お訊きください」

清三が、大きくうなずきながら言った。

「だったら、なんで訴えねえんだ？　惣衛門さんだって早く大番屋を……」

「それは、主《あるじ》のほうから止められてましして……」

「なんだって！」

亀治郎の驚愕する声が、部屋の中に響き渡った。

六

秋田屋惣衛門は、お峰が洲崎で芸者をしていたころからの馴染《なじ》みであった。島野たちのよからぬ話が、二十日ほど前胡蝶の客として来ていた惣衛門にお峰からもたらされた。しかし、町人の身ではいかんともしがたい。

そして亀治郎はお峰の語りに、さらに驚くことになる。

「秋田屋の旦那様は、その話を南町奉行所与力の原田様に打ち明けたのです」

「原田って、賂《まいない》を欲しがる原田か？　すると、惣衛門さんと原田って与力は顔見知りってことか」

「はい、左様でございます。しかし、町奉行所の与力の身では、大名家の不正には立ち入ることもできず、火付けを実行したのがお旗本とあっては踏み込めず……」

「ならば、大目付とか目付のほうに訴え出ればよかったべよ」

大目付は大名、高家《こうけ》の動向を監視し、政務を監察するのが主な役目である。そして、目付は旗本、御家人を監察し江戸幕府の秩序を保つために設けられた職務であった。目付は、火事場での検察もおこなっており、当然、今川町の火事も目付の手で調べられた。

「もちろん、訴えましたよ」

清三が即答する。

「ですが、あの火事は失火ということでお裁きが下り、目付様には取り合ってはいただけない。大目付様に訴えても、芸者の訴えだけでは確たる証拠には当たらずとのことで、まったく動いてはいただけませんでした」

けんもほろろにつき返され、お峰とも馴染みのある原田馬ノ助に相談をもちかけたのであった。

大目付や目付が動かないとあっては、町奉行所ではどうにもできない。しかし、このままでは火付けの下手人にされてしまう。

「そこで旦那様は、別のあるお方に、内々に相談をかけました」

「誰だんべ、その相談をかけたってのは？」

「それは……」

と言ったところで、清三の言葉が途切れた。

「手前は存じ上げてはおりません。それは、旦那様が知るのみで、手前が問うても絶対に名は出せぬお方だと申されまして、教えてはいただけませんでした」

「誰だんべな、いったい……。それで、そのお方に相談をかけたら、なんと答は返ったんだべ？」

「旦那様の話では、そのお方は『分かった』とだけ、仰《おお》せられたそうです」

「そのために、何をするとか、かれをするとかは言わなかったんだべか？」

「ええ。ただ『分かった』との一言だけだと。どうも、頼りにならないと旦那様はこぼしておいででした。どうしようかと、思いあぐねるうち、昨日の有り様と相成りました。田部家の打った手、いや罠のほうが早かったのです」

惣衛門が捕らえられて行くところは、亀治郎も目《ま》の当たりにした。

「そこまで知ってて、なんできょう田部家の上屋敷と室田の屋敷なんかに行ったんだ？」

「それをお話しする前に……きのうの朝、旦那様が引き立てられていくところに、お波お嬢さまがお帰りになりました。ええ、鶴姫様や亀治郎さんたちもご一緒に。

それを見たとき、旦那様は小声で手前に言いました」

「なんてだべ？」

亀治郎が、一膝乗り出して急かした。

「旦那様が『救いの神がやってきた』と一言申し、わずかばかり明るい顔を見せました。そのとき手前は思ったのです。あるお方が『分かった』と仰せられたのは、このことだったのかと」

「拙者には、なんのことかまったく分からねえべよ。だいいち、あるお方ってのが、拙者らとなんの関わりがあるんだ？」

亀治郎には、想像もつかぬことであった。二万両の工面で、深川に来ただけである。そうしたら、早々にこんな難儀が待ち構えていた。

「亀治郎さんは、本当にご存じないので？」

清三のほうが、驚く顔をしている。

「では、亀治郎さんがわざと鞘番屋に捕らえられたことや、門前仲町までやって来たのは？」

「いや、まったくの偶然だ。お鹿さんの正体だって、まったく知らねえし、清三さんの行動だって、いまだに怪しいと思ってるべよ。なあ、銀ちゃん」

亀治郎が脇に座る銀三郎に、相槌を求めた。

「ええ、左様で」

銀三郎が、小声で返した。

清三は、亀治郎たちがすべてを知った上で、惣衛門を救うために動いていたと思い込んでいたという。

「それで、田部家と室田のことですが……」

「いやその前に、お鹿さんのことを聞かせてくれ。あんたは、いったい何者なんだ?」

亀治郎の問いが、お鹿に向いた。お鹿が小さくうなずき、語り出す。

「あたしは以前、巾着切《これ》で稼いでました。でも、きっぱりと足を洗いました。ええ、今は町奉行所に仕《つか》え、影みたいなことを」

与力の原田に言い含められ、お鹿は町奉行所の隠密《おんみつ》となった。鞘番屋の牢にいたのも、惣衛門の様子を見ていてくれという、原田の指示であった。

「何か、変わった様子がないかと見ていたのですが、さほど落ち込んだ様子もなく。大抵の人なら牢屋に押し込められただけでも、意気が消沈してしまうのが普通なんですが、惣衛門さんに限ってそうではない。そんなことを思っているうちに、変な人たちが入ってきまして」

「拙者とお鶴ちゃんか？」

「ええ、そうです。誰なのこの娘さんて……そう思ったら、懐を探らずにはいられない。そしたらなんと、御守りにある御紋。驚いたの、驚かないの……」

「驚いたんべなあ」

「そのうちに狆《ちん》まで紛《まぎ》れ込んできて。そしたら、あたしまで解き放しになったではありませんか。ならば、この方たちに付いていったほうが何かあると。案の定、惣衛門さんと関わりのあるお人たちでした」

　惣衛門の捕縛《ほばく》は田部家の働きかけで、大目付から町奉行に話が下りて執行された。大目付が田部家の言い分を聞き入れたのである。

　一方、南町奉行所は田部家の企てを覆《くつがえ》す方向で動いていたが、確たる証《あかし》がつかめない。そこに、鶴姫と亀治郎たちが現れたのである。

「これは、秋田屋の旦那さんが相談をもちかけたという『あるお方』が、送り込んでくれた方たちだと」

お鹿が、そう思ったのも無理はない。

「じゃあ、与力の原田様が手酷《てひど》い調べをしたり、袖《そで》の下を欲しがるっていう、お鹿さんの話は？」

亀治郎が問うた。

「すみません、どちらも作り話です。原田様を悪者にして語れば、それだけお鶴ちゃんと亀治郎さんたちが素早く動いてくれると思いまして、それであたしは亀治郎さんたちの動きを傍で見張っていました」

お鹿の話を、亀治郎は苦笑いしながら聞いた。

「清三さん」

亀治郎は、疑問の矛先《ほこさき》を変えて訊いた。

「なんできょう、田部家の上屋敷と室田の屋敷に行ったんだ？」

先の疑問をぶつけた。

「それは事件の黒幕が誰なのか。二人の顔を、お鶴ちゃんと亀治郎さんに知ってもらうためです」

清三が答えた。

「拙者とお鶴ちゃんにか？」

「ええ」

大きくうなずく清三に、銀三郎が小さく笑いを漏らした。

「銀ちゃんは、知っていたのか？」

「はい。道々に、お鹿さんから話を聞きました。ですが、我らが深川に来た本当の事情は明かしておりません」

「……なるほどな」

そう呟くも、まだ亀治郎に疑問は残る。

「清三さんはなんで与力の原田様を、三四の番屋に訪ねたんだべ？」

「それは、あたしが頼んだから」

これも、お鹿の答である。

お鹿に頼まれた清三は、亀治郎たちの動きに加え、田部家、旗本室田の動静を逐一、原田に報せていたのである。

そこまで聞いても、亀治郎の顔は晴れない。いまだ眉間に皺を寄せ、疑いは燻《くすぶ》ったままである。

「まだ何か腑に落ちないことでも？」

「惣衛門さんは、原田とは違う吟味方与力の手によって調べを受けるのだんべ。だとしたら、手酷い吟味が心配だな」

亀治郎の真剣な問いに、お鹿はおほほと声を出して笑った。

「笑いごとじゃねえべ」

亀治郎の渋面《じゅうめん》に、清三が答える。

「手酷い痛め吟味を受けると思わせておけば、田部家は油断するでしょう。先ほど、江戸留守居役の島野重四郎様に、そのことをお伝えしましたら喜んでおられましたから」

清三は、秋田屋を裏切ったことにして、相手の懐に飛び込んでいたのである。

「なんとなく、分かってきたべ」

亀治郎が、小さくうなずきながら言った。

「旗本室田武左衛門様もお連れしようかと思ったのですが、生憎《あいにく》と留守で半刻ほど待ちましたが……そんなんで、島野様だけを連れてまいりました。今ごろその島野様は、娼妓《あいかた》と一緒の床で夢心地でございましょう」

　清三の語りは、ここまでであった。

「ならば、最後にもう一ついいべか。なんでお鹿さんは、こんな高級な料亭を知ってるんだ？」

「南町奉行所の、御用の向きだといえば、どんなに高級な店でも話は聞いていただけますわ。ええ、お勘定もご心配なさらず」

　ようやく亀治郎は得心し、勘定のことを聞いて銀三郎と共に、ほっと安堵の息を漏らした。そこに、襖越しに仲居の声がかかった。

「お客様が、お越しでございます」

　襖が開き、入ってきたのは政吉であった。

「お鶴ちゃんから、様子を見てきてくれと頼まれまして」

「ここにいるのが、よく分かったべな」

「ひさごのお常さんから聞きまして」

「そうだったか。ああ、すぐに帰るべ。お鹿さん、あとは拙者たちに任せてくれ」

すべてが明かされた。

これからは悪事を働いた大名家を懲《こ》らしめ、無実の惣衛門を救い出し、お家のために二万両を用立てる。

一石三鳥の図が亀治郎の頭の中で描かれた。

七

徒組頭の花山義平が秋田屋を訪れてから四半刻後――。

亀治郎と銀三郎、そして清三が戻ってきた。お鹿は与力の原田を待つというので、そのまま胡蝶に留《とど》まっている。

「亀治郎の戻りを、首を長くして待っていたのじゃ」

普段なら、とっくに眠りについている鶴姫だが、この夜だけは目を爛々《らんらん》と輝かせて起きている。

「そういえば、お鶴ちゃんの首が少し伸びたような気がするべ。悪かったな、遅くなって。その代わり、真相が明らかになった」

「こっちも、いろいろ分かったぞえ。驚いたのう、与与」

膝に乗る与与丸の頭を撫でながら、鶴姫が話しかけた。与与丸は小さく寝息を立てながら深い眠りに入っている。膝が重いと、鶴姫は与与丸を静かに抱いて脇の座布団へと移した。

「さてと、亀治郎の話を聞こうかの」

部屋の中には鶴姫と亀治郎のほかに、七人が顔を揃えている。

「一体、何があったのでござるか？」

まだ話を聞いていない徒組頭の花山は、脇に座る奥御用頭の佐々山に小声で訊いた。

「いや、身共もよう分からん。黙って、小坂の話を聞こうぞ」

花山の問いを押し留め、全員が亀治郎の語りに耳を向けた。

そして、今川町の火事と惣衛門捕縛の関わりが明かされた。

それぞれの顔が、驚愕に変わっている。

「いや、驚いたのう。なあ与与……」

と、与与丸の頭を撫でようとしたが、膝の上にはいない。それほど鶴姫は、亀治郎の話に没頭していた。

「そんなんでお鶴ちゃん、どうやって田部家と旗本の室田武左衛門に鉄槌《てっつい》を下すかだ。どうすんべえな？」

ここは力をいかんなく発揮してもらおうと、亀治郎の問いが鶴姫に向いた。

「政吉さんの怨みを晴らすためにも、ここはお鶴ちゃんの出番だべ。大目付や目付に、あとの処理を任せても面白くなかんべからな」

「わらわの出番か。お光さんとお福ちゃんの仇《かたき》を取ってあげたいのう」

よい案が浮かばないかと、鶴姫は脇に寝ている与与丸の頭を撫でながら考えている。

「そうだ！」

鶴姫は声を発すると、顔を亀治郎に向けた。

「いい考えが、浮かんだか？」

「いや、そうではない。亀治郎と、二人きりで話がしたいのじゃ」

言って鶴姫は、その場にいる全員の顔を見回した。

「拙者もいてはまずいですか？」

佐々山が、自分の鼻を指差して問うた。

「亀治郎と二人きりになりたいのじゃ。すまぬが、下がってたもれ」

「ならば下がりましょうぞ、佐々山様」

花山が促し、七人は隣部屋へと移った。

「隣の部屋で、話を聞いててもだめじゃ」

襖《ふすま》越しに鶴姫の声がかかり、さらに隣部屋へと移る。

「誰にも聞かれてはいけないことでの……」

鶴姫は立ち上がり、隣部屋を仕切る襖を開けた。誰もいないことを確かめ、元の位置へと戻った。

「ずいぶんと、用心するべな。何があったんだ？」

「これを、読んでたもれ」

鶴姫は、懐から書状を取り出すと、亀治郎の膝元に置いた。

二間《ふたま》先の部屋では、佐々山が気が気でない様子だ。

「二人きりにさせておいて、大丈夫かの？」

先ほどまで、その件で頭を悩ませていた。大谷家の存亡がかかっている。

「――おそらく、不義密通が露見したのでございましょう」

花山のこの言葉で、場が落ち着かなくなった。

「お波お嬢さん、何の話です?」

事情を知らない清三が、お波に問うた。

「お侍が三人そろって、お馬鹿な話よ」

お波は一蹴《いっしゅう》するも、金吾の顔は真剣である。

「やばいぞ、これは。亀治郎さんが、打ち首になるやもしれん」

「なんだって!」

銀三郎の驚く声は、二間隣にいる亀治郎の耳にも届いた。

「なんだか、騒がしいべな」

亀治郎が、封を開きながら言った。そして、書状の中身に目を移す。

「……若殿からか」

文《ふみ》を黙読するうちに、亀治郎の形相《ぎょうそう》が見る間に変わった。顔を真っ赤にし、小さな目が目一杯に見開く。危うく大声を発するところだが、それはどうにか堪《こら》えることができた。

「亀治郎も驚いたであろう？」

「ああ、ぶったまげたべ。まさか、あの若殿が……いや、分からねえもんだな」

亀治郎の驚きは束の間で、すぐに顔色は元に戻り、声音も落ち着きを取り戻している。むしろ、顔にはうっすらと笑みも浮かんでいる。

お鶴へ
深川の秋田屋にいると思うが　母上のことは気にせず
小坂亀治郎と共に秋田屋惣衛門の難儀を救ってあげてくれ
余からの願いじゃ

ほかは一切書かれてはいない。だが、大谷忠信の心根が、この短い文の中に凝縮されている。それを鶴姫と亀治郎はつぶさに感じ取った。

「忠信様は、みんな知っておったのじゃな」

「そうみてえだ。惣衛門さんが『あるお方』と言ってたのは、若殿のことだったのか」

「なんのことだえ、『あるお方』って？」

鶴姫の問いに、亀治郎はその件を聞かせた。

「すると忠信様と惣衛門さんは、会ったことがあるのじゃな？」

「そうみてえだ。大谷家御用達《ごようたし》の商人だったら、それも不思議じゃねえべ。それよりも、なんで拙者の名がここに書かれてあるんだ？」

そのほうが、よほど不思議だと亀治郎は首を傾げた。

「そうじゃのう、なんでじゃ？」

鶴姫も首を少し傾げたが、すぐ元に戻った。

「そうじゃ、分かった」

「お鶴ちゃんには、分かったか？」

「ええ。忠信様が亀治郎を江戸に呼んだのじゃ。国元に使いを出して、お義父上《ちちうえ》に亀治郎を江戸に向かわせるように頼んだのじゃ」

「すると、二万両の御手伝普請のことは……？」

「何か用事を作らぬと、亀治郎を江戸に向かわせるのに、言い訳が立たぬであろうからの。たぶんお義父上を巻き込んでの大嘘じゃ。それと、なんていいましたっけ、お大名……」

「雫石藩の田部家だんべ」

「そう、その田部家の二万両と話を重ね合わせ……」

「暗に関わりを仄《ほの》めかすってか……お鶴ちゃん、鋭い読みだべ。ずいぶんと、成長したなあ」

鶴姫に感心するも、亀治郎が内心驚いたのは忠信の手腕である。

「もしそうだとしたら、凡庸《ぼんよう》とした若君じゃないべな」

「わらわも驚いた。忠信様が、こんなお方だとは思いもよらなんだ。なんだか、嬉しくなってきたのう。なあ、与与……」

と言っても、与与丸は深い眠りに入っている。

さてと、どのように懲らしめようか。

鶴姫と亀治郎の頭の中は、そのことで一杯になった。

兎《と》にも角にも、町の一角を焼き尽くした上に政吉の妻子を死なせ、人々を恐怖と不幸のどん底に陥《おとしい》れた罪を償わせなくてはならない。

相手は小藩とはいえ大名家と、小普請組の旗本である。

「良案がないかのう」

考える鶴姫の顔を、亀治郎がまじまじと見ている。

「おっ、いい案が思いついたべ。お鶴ちゃん……」

「何かよい策でもあるのか？」

「お鶴ちゃん、芸者になってみねえか？」

「芸者って、春吉さんみたいなお人か。おお、楽しそうじゃの」

後先を考えず、鶴姫は乗り気になった。

そして、二間隣にいるみんなを呼び寄せる。

「いい考えを思いついたべ」

亀治郎の口から策が語られた。その案に、みなの目が点になったり、丸くなったり。だが、良案だと賛同は得られた。もう、不義密通などというあらぬ疑心も吹っ飛んでいる。

明日は策の仕込みに費やし、実行は二日後と決めた。

惣衛門の身が安全と分かれば、落ち着いて事に移れる。

佐々山と花山は、翌日の朝になって大谷家の上屋敷に戻っていった。書状のことは、二人には黙っていた。それは、忠信自身が望んでいたし、鶴姫も亀治郎も胸の内に収めておこうと決めたからだ。


中一日が経った、その日の夕刻。

三浦屋の一部屋を借りて、鶴姫とお波は、裾引きの着物に黒の紋付に袖を通し、辰巳芸者に身を変えていた。

「どうじゃ、似合うかえ？」

「すごくきれいだけど、その言葉はどうも芸者さんらしくないわね」

お波に言われ、不服そうに鶴姫が口を尖らせた。

芸者の所作は、お峰と一八《いっぱち》という幇間《ほうかん》に、昨日と今日でみっちりと仕込まれた。

だが、鶴姫の言葉遣いだけはいかんともしがたい。

お座敷ではあまり喋らなくてよいと、お峰から言われている。

この夜のお座敷は、芸者が三人いる。一人は春吉で、まともな芸者。そして、った。

一人は鶴姫こと鶴吉、そしてもう一人はお波が波太郎となって務める仕掛けであった。

暮れ六ツの四半刻前になり、仕度はすべて調った。これから料亭胡蝶のお呼びを待つだけである。

「——田部家からは、家老の石塚玄芭《いしづかげんば》と江戸留守居役の島野重四郎、そして旗本の室田武左衛門に中間の伝蔵がまいります」

手はずを昨日のうちに整えた清三が、そう報せてきた。

間もなく秋田屋惣衛門が火焙りの刑になると、清三は島野と室田の元に赴《おもむ》き、別々に伝えた。そして、両者にこう一言添える。

「——あすの晩、門仲の胡蝶で祝杯を挙げるということで」

島野には室田の伝えとして、室田には島野の伝えとした。そして両者は乗り気となった。田部家では家老まで顔を出すという。

胡蝶に全員がそろった。ただ一つ誤算であったのは、その四人ばかりでなく田部家の家臣三人がついてきたことだ。

「……まずいべこれは」

玄関先で、家臣の三人を目にして呟いたのは、亀治郎であった。

その顔に覚えがある。

先日小料理屋ひさごの前で一悶着《ひともんちゃく》あった、四人の侍のうちの三人であったからだ。

褌《ふんどし》を晒《さら》した侍が真ん中に立っている。

亀治郎は隣部屋で金吾と銀三郎、そして意趣返しを狙う政吉と共に控えている。

気がかりなのは、鶴姫のことを三人が憶えているかどうかである。

「一目で分かったら、この策はしくじることになるべな」

傍《かたわ》らにいる金吾と銀三郎に、小声で告げた。

「なにゆえ、しくじると……？」

銀三郎の問いであった。

「ひさごの前で侍たちと一悶着あったと話したべ。あのときの侍が……」

「奴らだと？」

金吾と銀三郎の驚く声が返った。

「お鶴ちゃんも、一緒にいたからな。あのときの娘がなんでここにいると、不審に思うべよ。そうなったら、悪事を吐かせるどころではなかんべさ。こりゃ、お鶴ちゃんの正念場だ」

鶴姫の運の強さに、亀治郎はかけることにした。

「まあ、そんなに心配することはねえ。お鶴ちゃんならのらりくらり、うまいことあしらうべ」

自分自身に言い聞かせるような、亀治郎のもの言いであった。金吾と銀三郎の眼光も鋭くなっている。いざとなったら、鶴姫を護らなくてはならない役目なのだ。

「それで、拙者らはいつ踏み込んだらいいので？」

金吾が訊く。

「お鶴ちゃんが啖呵《たんか》を切るだろうから、そのあとだ。だけんど、誰も斬ってはならねえぞ。抗《あらが》ったら、刀の棟《むね》でぶっ叩くんだ。ああ、相手が誰だろうと構わねえ。拙者らがやることは、そこまでだ。あとは、政吉さんの好きにしたらいいべ」

「いや、あっしは惣衛門さんの無罪が晴らせれば、それで充分でさあ」

「まあそうだろうな、分かったべ」

政吉の答に、亀治郎は小さくうなずいた。

八

十畳の部屋に、清三も含め八人の客が入った。

「ここじゃ狭いな」

室田から注文が入った。

「生憎《あいにく》、ほかの部屋が空いてないものでして」

仲居が頭を下げた。料亭胡蝶は、鶴姫側についている。ほかの部屋では、亀治郎たちが控える隣部屋が用意できないからだ。

「まあ、ここでよかろう。むしろ芸者と密着できてよいではないか」

家老石塚の一言で、部屋はそのままとなった。

銘々膳がコの字形に並べられている。

清三が上座に二人並んで座る石塚と島野に酌をして回るそこに——。

「おこんばんは……」

春吉が襖《ふすま》を開けて、声をかける。そして、三人の芸者が下座に横並びとなって三つ指をついた。

「おお、来たか来たか。春吉、待っておったぞ」

上座から島野が手招きをした。普段より厚手の化粧を施しているので、今川町にいたお峰とはまったく気づかずにいる。

「おっ、きょうはやけに若い芸妓がまいったものだな。さっそく、ご家老に酌をいたせ」

鶴姫が家老石塚の前に座らされた。

「おお、わしは若い女子《おなご》が大好きじゃ。名はなんと申す？」

五十歳前後に見える石塚が、盃《さかずき》を差し出しながら問うた。身を乗り出しているので、面《おもて》と面が一尺ほどに近づいた。不快な口臭をもろに浴び、鶴姫は一瞬顔を曇らせたが、どんなことがあっても芸妓は笑みを絶やしてはいけないと、心構えの『いろはのい』で教わっている。鶴姫は表情をすぐに戻し、作り笑顔となった。

「鶴吉と申します……どうぞ、よしなに」

鶴吉となっての第一声であった。

酌をする所作も、堂にいっている。たった二日でここまでできるとは、なかなか筋がよろしいと、隣に座る春吉がほっと安堵の息をついた。

お波は、家来たちの酌に回った。

すると、三人の家臣が手酌で酒を呑みながら、言葉を交わしている。その話し声がお波の耳に入った。

「ご家老に酌をするあの若い芸者、どこかで見たことがあるな」

「阿部《あべ》殿も覚えがあるか？　拙者もなんとなく……」

「そう言われればおとどい、ひさごの前で犬を抱いていた娘によく似ておるな」

三人のやり取りで、お波は話が読めた。亀治郎が苦もなく酔漢の侍を撃退した話は聞いている。

「波太郎と申します……さあ、ご一献」

何食わぬ顔で、お波は銚子の口を差し出した。

「おい、波太郎……」

酌をしながら、お波が家臣の一人から問われる。

「なんでございましょう？」

「ご家老に酌をしているあの芸者……」

「鶴吉ちゃんが、何か？　つい最近、半玉《はんぎょく》から芸妓になった娘《こ》ですけど……」

「おととい、どこかの家臣と思《おぼ》しき侍と一緒にいるのを見かけてな。ああ、白黒模様の狆《ちん》を抱いていた」

「それは、他人の空似というものでございましょう。おととい鶴吉ちゃんは、わたしと一緒にずっと踊りと三味線のお稽古《けいこ》をしておりましたから」

お波は、誤魔化《ごまか》したつもりだった。

「おお、いいことを聞いたな」

阿部と呼ばれた家来が口にする。

「だったら、一つここで舞ってもらおうかの」

鶴吉が本当の芸者かどうかを試すつもりらしい。これにはお波もいささか慌てた。

「ここでは、狭いですから踊りはどうも……」

咄嗟《とっさ》に答えを返した。

「ならば、三味線で端唄《はうた》の一つも聴かせてくれ」

「三味線は……」

この部屋ではうるさいと、お波は断るつもりだったが、阿部はすでに立ち上がって家老石塚に近寄っていった。

「ご家老。この芸妓は、かなり三味線が達者なようでして、ご家老がお好きな端唄など聴かせていただいたらいかがでござりましょうか？」

「おお、左様か。鶴吉は、まったく口を利かずに酌ばかりしおって、つまらんと思ってたところだ。芸事ができるなら鶴吉、わしの好きな『浮世の時雨《しぐれ》』を聴かせてくれ」

と言われても、鶴姫にできるわけがない。ましてや、三味線を弾くなど。隣で島野を相手にする春吉が、はたと困ったそこに、

「ここが潮どきじゃの」

春吉の耳に、はっきりと鶴姫の声が聞こえた。

「何が、潮どきなのだ？」

鶴姫の声は、島野にも届いた。

「いや、『ここが潮どき』ではない。『浮世の時雨』と申しておる」

家老の石塚は、鶴姫の言葉を端唄の題名ととらえたらしい。

「いえ、俗曲などではありませぬ。えーと、えーと……」

鶴姫の言葉が途切れた。雫石藩田部家と言おうとして、肝心なところで出てこない。

「なんだ、この芸者? ちょっと、おかしいな……あっ!」

春吉を前にしていた島野の表情に、問いと驚きが重なった。

「今まで気づかなんだが、春吉《おまえ》は以前、今川町の……思い出したぞ。おい清三、この芸者に見覚えがないか?」

島野の大声は、座の端に座る清三に届いた。しかし清三は返事をするでもなく、手酌で酒を呑んでいる。

「清三さん、島野様が呼んでるぜ」

隣に座る中間の伝蔵が、清三に話しかけた。

「ああ、いよいよはじまりだ。あんたも、覚悟しときなよ」

「なんでえ、覚悟ってのは?」

伝蔵の目尻が吊り上がったそのとき。

「たわけたことを申すな！」

天を衝《つ》くほどの島野の怒号が轟いた。隣部屋にいる亀治郎たちの耳にも入る。

「どうします、亀治郎さん。出ていくか？」

刀の鞘を握り、金吾が問うた。

「いや、まだ早いべ」

島野の次なる怒声が響き渡る。

「おい清三、聞いておるのか？　なんだ、この者たちは！」

すでに酔いが回っているので、一際《ひときわ》声音が大きくなっている。

「お静かにしていただけませんか。ここはお座敷ですわよ、島野様」

春吉が芸者の振る舞いを崩さず、島野をたしなめた。

「どうなっておるのだ、島野？」

家老の石塚が、殺気立つ江戸留守居役に怪訝な表情を向けた。

「ご家老様、わらわがお話ししいたしましょうぞ」

対面に座る鶴姫が、きりりとした顔を石塚に向けた。

「わらわだと？　芸妓らしくない言葉を発するの……まあよい、聞こうか」

「ご家老様は、ご存じないのでござりまするか？」

「何をだ？」

「春先にあった、深川の火事じゃ」

「しっ、知っておるが、そっ、それがどうした？」

家老の目が泳ぎ、口調がおぼつかなくなった。鶴姫は勢いに乗って、言葉をつづける。

「お惚《とぼ》けなさって。そこの島野って人と、こちらのなんてったっけ？」

「室田と伝蔵……」

春吉ことお峰が、小声で助《すけ》た。

「おお、そうじゃ。そこにいる室田と田部家が結託して火を放ったというのは、火を見るより……」

「あきらかじゃ」

ところどころで、お峰の助が入る。

「そう、あきらかじゃ。どうじゃ、申し開きができるか？」

鶴姫の咴呵は、昨日から一所懸命修練したが、立て板に水とはいかず迫力がない。だが、むしろそれが余計に相手を不気味にさせた。

「何者だ、この芸者は？」

石塚が問うも、江戸留守居役の島野は無言である。というより、声を出せずにいる。顔が青ざめ、体も震えている。

「誰でも、よろしかろう。今川町のお茶屋に……」

「いえ、小料理屋」

お峰が、訂正を促す。

「小料理屋に、直《じか》に火をつけたのはあの者。それを命じたのはその者。そして、火付けを頼んだのがこの者」

鶴姫は伝蔵、室田、島野の順で指先を向けた。

「すべてはみな、おみ……おみ……」

「お見通し」

「そう、それじゃ！」

鶴姫が、悪事の全貌を暴いた。

「いや、違う。そこにいる、秋田屋の清三が……」

島野の言い訳を、清三が遮《さえぎ》る。

「もうご観念なさいませ、島野様。手前がそちらの味方だと、まだお思いでいらっしゃるのですか？　今川町の火事の咎《とが》をわが主人に被《かぶ》せて、秋田屋を潰す。その報酬は、二万両と聞いてます。今ごろは、深川大和町の吉野屋さんに、町奉行所の手がおよんでおりますぞ」

末席から上座に向けて、清三は声音高くして言い放った。

「きさまは秋田屋から寝返って、吉野屋についたのではなかったのか？」

島野の怒声が飛ぶ。

「とんでもない。ちょいと、その振りをしていただけです。それと島野様の今の言葉こそ、確たる証《あかし》」

山本町の秋田屋と大和町の材木問屋吉野屋は、仙台堀を挟んで二町と離れていない。問屋仲間であるが、商《あきな》いの上では食うか食われるかの商売敵《がたき》で、熾烈《しれつ》な争いをしていた。

二万両の無心を秋田屋に断られ、島野は吉野屋に話を持ちかけた。吉野屋は

『秋田屋を潰す』ことを条件に、無利息で二万両を貸付けた。

秋田屋惣衛門の処罰が決まり、仕上げは上々と、今しがたまで美酒に酔っていた。

「お酒が不味《まず》くなったであろう」

鶴姫が、気の毒そうに言った。

「何をたわけたことを申すか。しかし、この芸者は何者ぞ？」

「わらわか？　聞いて驚くでないぞ……」

江戸家老石塚玄芭の問いに、鶴姫が懐に手を入れ、指先が御守りに触れたところであった。

「ええい、誰だって構わぬ。この者たちを斬り捨てい！」

江戸留守居役の島野が大号令を発すると、三人の家臣が立ち上がった。しかし、大小は帳場に預けて得物《えもの》がない。匕首《あいくち》を懐に呑んでいた伝蔵が、咄嗟《とっさ》にお波の背後に回ると首に刃をあてた。

「動くと、この娘の命がねえぞ。今のうちにどなたか刀を……」

「よし、拙者が取ってくる」

阿部という家臣が、部屋を出たところで足が止まった。

「この先は、行かせん」

一足先に廊下で待ち構えていた金吾が立ちはだかり、一言も交わすことなく、阿部の腹に当て身をくれた。

しばらくしても、阿部は戻ってこない。

「どうしたのだ、阿部は？」

「はて……？　何をやるにも遅いですな、あの者は」

島野の問いに家臣たちが首を傾げたそこに、襖がカラリと音を立てて開いた。

「ご家来は、待ってても来ねえべよ」

亀治郎が言い放つその背後で、金吾が阿部を羽交い絞めにしている。

「あっ、この者は……」

亀治郎の顔を見て、褌姿にさせられた家臣が震えている。

「その芸者さんを放しな」

亀治郎の気合に押され、伝蔵は素直にお波の首から匕首を離した。

敷居を挟んで、双方が対峙《たいじ》する。

鶴姫が、事の決着をつけようと、一歩前に進み出た。

「わらわか？　聞いて驚くでないぞ……」

鶴姫が懐に手を入れ、御守りに指が触れる。

「この紋どこ……」

決め台詞《ぜりふ》を吐こうとしたところで――。

静かに廊下側の襖が開いた。

「そこまでだ」

一際位の高そうなお武家が一声発し、苦渋《くじゅう》の面持ちで入ってきた。

「殿……」

と絶句し、江戸家老の石塚が跪《ひざまず》いて平伏した。同時に、田部家側全員が畳に顔を伏せた。

二十歳前のまだ若い藩主、田部備前守義盛であった。

不思議なのは、その脇に大谷家の家臣花山義平がついていたことだ。花山は、その光景を見定めると鶴姫の背後に回った。

「花山様、これは……？」

配下である銀三郎が、小声で問うた。

「黙って見ていろ」

花山の命に、銀三郎は口を閉じた。


田部家当主義盛が、鶴姫に向けて平伏している。

「お顔を上げてくだされ……」

鶴姫は腰を落とすと正座をして、義盛と向かい合った。

「大谷忠信様から書状をいただきまして、すべてを承知いたしました。この度は家臣たちがとんだことを……面目次第もござりませぬ」

言って義盛は再び顔を伏せた。殿様が若い芸妓に向けて平伏している。

「いったい、どなた様じゃえ？」

鶴姫の問いに、義盛の顔が上向いた。

「大谷忠信殿のお方様ではございませんので？」

「はい。わらわは忠信様の……」

妻とは、恥ずかしくて口に出せない。

「田部家当主、義盛と申しまする」

「田部家のご当主でござるか？」

想定外である。いきなり出てきた大名に対して、どう接してよいのか鶴姫は困った。

「この度のことは、いくら知らぬといえども余の不徳のいたすところ。明日、当方より幕府に届け出て、沙汰を仰ぐつもりでござります」

若いが、自らの失態を重く受け止めている。

これからいかなる沙汰が、田部家に待ち受けているかは分からない。だが重い処罰が下されるのは、鶴姫にも想像がつく。

大谷家も、一つ間違えれば田部家と同じ轍《てつ》を踏むことになりかねない。台所が苦しい事情は変わらない。幕府に供出する二万両が、大名にとってどれほどの負担になるか。それを思うと、これ以上田部家を責める気にはなれない鶴姫であった。

田部家断絶の覚悟を、義盛の言葉の端々に感じた鶴姫は、それ以上は問わずここで幕引きとした。

「引き上げましょうか、亀治郎」

「そうだな。帰るべか」

あとは田部義盛に任せ、鶴姫たちは胡蝶をあとにした。

秋田屋の大番頭清三の話では、あの火事での材木の商いは利益が出るどころか、負担のほうが大きかったという。

「――材木屋というのは、むしろ慈善事業ですな。焼け太りなんてのは、他人《ひと》様の、いい加減な作り話です」

清三が胸を張って言った言葉が、鶴姫の心に残った。

一件は落着したが、鶴姫の心の中はまだすっきりと治まっていない。

「……忠信様というお人が、分からなくなったの」

鶴姫の呟きであった。

徒組頭花山義平の話では、忠信の命で書状を田部義盛に届けただけだという。

義盛はそれを読み、花山を門前仲町に同行させた。

書状の中身は、鶴姫たちの知るところではないが、その後の経緯を見ればおおよその推測がつく。

「忠信様って、けっこうでかいお人なのかもしれねえな」

亀治郎が、含み笑いを浮かべて言った。

深川の秋田屋に一泊し、惣衛門が傷一つなく戻った姿を見届けてから、鶴姫たち一行は大谷家の屋敷に帰った。

四泊五日の鶴姫のお忍びの旅であった。もう少し深川にいたかったが、お勝の方がおかんむりであろう。

「仕方あらんのう」

鶴姫が、残念そうな口調で与与丸に話しかけた。


密書に書かれていた二万両供出の一件は、舅《しゅうと》の忠次から何も言ってこないところを見ると、鶴姫の考えたとおりだったたようだ。

筋書きを描いたのが忠信かどうか。相変わらず無口のままなので、鶴姫には分からない。

お勝の方の嫌味が鶴姫にきつく向くが、鶴姫は殊勝に従う振りをして、右から左に聞き流し、忠信に対しても成り行きに任せることにした。

「ならば、わらわも今までどおり……」

不愛想だけど心優しい若殿と姫様の夫婦同士で行こうと決めた。

一つだけ、鶴姫にとって喜ぶべきことがあった。

小坂亀治郎が正式に江戸詰めとなって、奥御用頭である佐々山平十郎の下につくことになった。

「もしかしたら……？」

忠信の配慮であるかどうかは、定かではない。

「これからますます楽しくなるのう。なあ、与与」

膝に乗った与与丸の頭を撫でながら、鶴姫は小さく笑みを漏らした。

この作品は徳間文庫のために書下されました。

徳間文庫

姫様お忍び事件帖

わらわがゆるさぬ

2020年10月15日 初刷

著者 沖《おき》田《だ》正《しょう》午《ご》

発行者 小宮英行

発行所 株式会社徳間書店

東京都品川区上大崎三-一-一 〒141-8202
目黒セントラルスクエア

電話 編集〇三(五四〇三)四三四九
販売〇四九(二九三)五五二一

振替 〇〇一四〇-〇-四四三九二

印刷
製本 大日本印刷株式会社

ISBN978-4-19-894595-4 (乱丁、落丁本はお取りかえいたします)

徳間書店の電子書籍

沖田正午

姫様お忍び事件帖
つかまえてたもれ

書下し

武州槻山藩主から休みをもらって江戸に出た小坂亀治郎は、道を尋ねてごろつきに囲まれた。怪しい侍から助けてやったお鶴ちゃんが、なぜか旅の道連れになってしまい、吉原遊びを断念したばかりだった。亀治郎とお鶴ちゃんの、心がほっこり爆笑珍道中。

沖田正午

姫様お忍び事件帖
それみたことか

書下し

「かわいい……」槻山藩のばか若殿は、呟いた。じゃじゃ馬鶴姫との顔合わせは万々歳と思いきや……。亀治郎に逢いたい鶴姫は逃げ出したくなった。家臣に相談すると、いかにも嫌そうで。姫のわがままを聞いては、何が起こるかわかったものではないのだ！